鼠、狸囃子に踊る

赤川次郎

角川文庫
18448

目次

鼠、影を踏む

坂道

その坂を見上げて、ふとため息をつく。

思えば、この坂の下で一旦《いったん》足を止めて坂道を見上げるようになったのは、いつごろのことだろう。

以前は――つまりは、若いころはということだが――いちいち立ち止まることなく、一気に坂を上って行ったものだ。いや、まだ独り身で美冬《みふゆ》に会いに通っていたころは、この坂を半ば全力で駆け上って平気だった。

しかし、今は……。

「仕方ない」

人間、誰しも年齢をとる。そして、「まだまだ大丈夫」と信じていた膝《ひざ》や腰に、思いもかけず痛みがやって来るのである。

宮田安兵衛《みやたやすべえ》は、一つ深く息をつくと、坂を上り始めた。坂の三分の一くらいまで上ると、喘《あえ》ぐような息づかいが洩《も》れてくる。

そして坂の半分まで来ると、つい足を止めて、一休みしようか、ということになる。

「いや、そんな呑気《のんき》なことを……」

安兵衛は、妻、美冬の実家に当る宮田家を訪れるところだった。

「頑張れ。止まるな」

と、自分を励まして、喘ぐような息をしながら、坂を上り続けた。

――宮田安兵衛はもう五十をいくつか越えたところである。妻、美冬は四十代の半ば。

このところ、美冬は体調が悪く、このひと月、実家に戻っていた。

安兵衛は宮田家の養子である。美冬が宮田家の一人っ子で、安兵衛の方は、浅月《あさづき》家の三男坊。

安兵衛が宮田家へ養子として入ることに、浅月家としても別に反対しなかった。宮田家では、もう少し高い官位の武士と縁組したかったらしいが、美冬が安兵衛に惚《ほ》れていたこと、そして安兵衛の誠実な人柄を、宮田家でも評価するようになって、すべてうまく行ったのである……。

「やれやれ……。もう少しだ」

と、安兵衛は口に出して言った。

これが暑い夏の昼下がりだったら、とても上り切れまい。秋になっていたので、何とかこうして上り切れたが、その代り日は短く、もう陽は傾きつつあった。

坂を上り切ったところで、安兵衛は足を止め、息を整えた。——喘ぎ喘ぎの見舞では、どっちが病人か分らない。美冬が笑うだろう。

いや——笑ってくれるほど元気になっていてくれたら、安兵衛は嬉《うれ》しいのだ。

美冬は決して頑健というのではないが、弱くはない。娘のみすずを産んだ時を除けば、ほとんど寝込んだことはないし、家事全般、こまめにこなしていた。

その美冬が……。

家のことは、もう十八になったみすずが取り仕切っているが、安兵衛としては、妻に寝込まれるのは、我が身の半分が病んでいるのにも等しかった。

さあ。——行こう。

長い塀に挟まれた道は、もう影の中で、あたかもそこだけが暮れてしまっているかのようだ。

そこを足早に抜けようとすると、不意に人影が現れてギクリとする。

影の中、黒いいでたちの浪人風が目立たないということもあったろう。頭巾《ずきん》が顔の半ばを覆っている。

安兵衛は、塀の方に寄って、すれ違おうとした。——刀の鯉口を切る音がして、安兵衛はそれに反応した。

バサッと浪人の刀が安兵衛の羽織の袖《そで》を断った。危うく逃れた安兵衛は、

「何者だ！」

と、問いかけた。

浪人は無言で刀を持ち直した。

ただ者ではない。——安兵衛はあわてて刀を抜いた。

しかし、五十を過ぎる今日まで、斬り合いなどしたことがない。

迫ってくる白刃に、ただ後ずさるばかりだった。

「何だ！　何の恨みだ！」

と、叫ぶように言ったが、むろん相手は答えず、刀は唸《うな》りを立てて安兵衛の眼前に迫った。

斬られる！　安兵衛は恐怖を覚えた。

つまずいて、よろけた。浪人は一歩踏み込んで刀を振り上げた。

シュッと空を切る音がして、小石が浪人の顔面に向って飛んだ。素早くよけると、キッと見返す。

安兵衛は振り返って、若い町娘が立っているのに驚いた。

「ご用心を」

と、娘は言った。「お逃げ下さい」

「そなたは——」

「あなた様の敵《かな》う相手ではありません」

浪人は刀を下げた。そして無言のまま刀を納めると、足早に立ち去って行く。

安兵衛は全身で息を吐いた。

「大事ございませんか」

と言われて、

「いや――助かった。かたじけない」

自分の刀を納めるにも、手が震えてなかなか鞘《さや》に入らない。

「お恥ずかしい。何しろ、ほとんど抜いたことなどないのでな」

「今はそれが当り前の世の中です」

と、娘は言った。「ですが、今の浪人は明らかにあなた様を斬るつもりでした。お心当りが？」

「いや、全く……。恨みを買う覚えはないが」

と、汗を拭《ぬぐ》った。

「おそらく、恨みというより、頼まれての仕事と見えましたが」

と、娘は言って、「ともかく、ご無事で何よりでございました。お気を付けて」

「いや、何と礼を申したものか――。あの――」

さっさと行ってしまう娘に、「せめてお名前なりを――」

と声をかけたが、返事もなく、たちまち影の奥へと消えてしまう。

はてさて……。不思議な娘だった。

「こうしてはおられぬ」

安兵衛は、宮田家へと急いだ。


「ごめん」

人気がなかった。

安兵衛は、

「どなたかおいでではないか」

と、上りながら言った。

妙だな。——首をかしげて、奥へ入って行くと、襖《ふすま》を開けて、

「美冬——」

そこに、床をのべて寝ている美冬と、両親がいた。

だが奇妙だった。三人とも、ハッとした様子で安兵衛を見ると、一瞬息を呑んだのである。

ふしぎな沈黙の後、

「あなた」

と、美冬が起き上って、「お出迎えもせず……」

「いや、全くだ。失礼した」

と、美冬の父、宮田市也《いちや》が立ち上る。「ゆい、早く安兵衛殿にお茶でも出さぬか」

「誠に。――さ、どうぞあちらの部屋へ」

美冬の母、ゆいは、明らかにあわてた様子で、安兵衛を後に出て行ってしまう。

「安兵衛殿、さ、参ろう」

と、宮田市也が笑顔で言ったが……。

一体どうなっているのだ？

安兵衛は、明らかにこの宮田家の三人が自分を見てびっくりしていたこと、さらに言えば、「生きている」安兵衛を見て、意外さに戸惑っていたことを分ってしまっていたのだ。

それはつまり、安兵衛が襲われることを知っていたということだろう。

「あなた」

と、美冬は言った。「みすずは元気にしておりますか」

「困ったね……」

酒とちょっとした料理を出して、毎夜繁盛しているその店の主人、孫六《まごろく》は次郎吉《じろきち》のなじみである。

「どうした」

と、次郎吉は顔を上げて、「只食《ただぐ》いかね」

「いえ、そうじゃねえんで」

と、孫六は苦笑して、「ただ、酔うと眠り込んじまって、さっぱり起きねえんでさ」

奥の座敷で飲んでいた次郎吉は、店の方を覗《のぞ》いてみた。

「何だ、お侍か」

「へえ。――ここんとこ毎晩みえちゃ、酔いつぶれて眠っちまうんで」

次郎吉は肯《うなず》いて、

「前からのなじみかね。あまり見かけたことがねえが」

「いえ、十日ほど前ですかね、初めてみえたのは。いきなり、『酒だ!』とおっしゃって……」

孫六は笑いがこみ上げて、「どんなに豪快に召し上るかと思やあ、銚子《ちょうし》三本でこの始末でさ」

「可愛いもんじゃねえか」

と、次郎吉も笑って、「しかし、ここは宿屋じゃねえからな。泊めるってわけにもいくまい」

「そうなんですよ。ま、遅くなると、ちゃんと迎えが——」

と、孫六が言いかけたところへ、店の戸がガラッと開いた。

「おや。——今日は早いね」

と、孫六が言ったのは、店に入ってきたのが年のころ十七、八の娘だったからで、

「また父がお世話に——」

と言いかけて、卓に突っ伏して眠っている侍に目をとめる。「やっぱり……」

「今夜は、お銚子三本で眠っちまいましたよ」

「本当に申し訳ありません。毎夜ご迷惑を……」

「いや、いいんでさ。お客ですからね」

娘は侍に近寄って、

「父上。——父上、起きて下さい」

と、かなりの力をこめて揺さぶった。

しかし、侍の方は、声にならない呻《うめ》き声をたてただけで、まるで起きる気配はない。

「もう……。お水をいただけますか」

「へえ。しかし、お飲みになりませんかね」

「飲ませるのではありません。頭にかけてやります」

聞いていた次郎吉がふき出した。

「笑わないで下さい」

と、娘は次郎吉をにらんで、「私の力では、父をおぶって帰るというわけにはいかないのです」

「いや、ごもっとも。怒っちゃいけねえ。しかし、水をかけちゃ、目は覚めるかもしれねえが、もう外は寒いから、風邪でもひくんじゃないですかい？」

「自業自得というものです」

なかなかしっかり者である。どことなく、妹の小袖《こそで》を思わせる。

「――どうしやす？」

と、孫六が訊《き》く。

「お水を、たっぷり下さいませ」

と、娘は言った。

「待った」

と、次郎吉が言葉を挟んだ。「こちらも、どうせ出るところだ。送ってさし上げましょう」

「そんなご迷惑を――」

「いや、何もおぶって行こうってんじゃありやせんよ」

「本当に、お恥ずかしい……」

と、娘は伏せがちにした顔で、上目づかいに父親のことをにらんでいた。

「なあに、酔っ払いなんぞ珍しくもありませんや」

次郎吉はガラガラと大八車を引いていた。荷台では、酔った侍がいびきをかいている。

そこへ、小袖が提灯《ちょうちん》を手にやって来て、

「兄さん、どうしたの？　遅いから覗きにいこうかと思って。――病人？」

「いや、少々酒が過ぎたのさ。――妹の小袖でさ」

「お手数をかけて」

と、娘は頭を下げて、「宮田みすずと申します。これは父です」

小袖は、提灯の明かりで大八車に積まれた（？）侍の顔を見ると、

「あら、この方……」

「いえ、ちょっと係《かかわ》り合っただけ。――みすずさんとおっしゃるの」

「何だ、知り合いか？」

「はい。父とお会いに？」

「ええ。十日くらい前かしら。ほら、危うく浪人者に斬られそうになってた……」

「じゃ、この人が？」

　みすずは目を見開いて、

「斬られそうに？　父が、でしょうか」

「ええ。辻斬《つじぎ》りとも見えなかったけど」

「あの……父の羽織の袖がバッサリ斬られていたことが。訊いても、『誤って裂けただけだ』としか言わず」

「そのときのことだわ」

「じゃあ、そんなことが……。父はそれから毎夜酔うようになり……」

　と、みすずは言った。

「妙だね。そんな相手に、また出くわすかもしれない、ってことなら、酔い潰《つぶ》れたりしないものだが」

「あの日、父はひどくふさぎ込んでいて……。訊いても何も言ってくれませんでした」

と、みすずは言った。「いつもなら、病気の母の様子など、細かに話してくれるのですが」

みすずは、小袖から父が斬られそうになったときのことを詳しく聞かされ、今さらながら青ざめた。

「父は、ひどく真面目な人間なのです。お役目を果すためなら命も捨てましょう。でも、人と斬り合うなど……」

「だが、そんなお父上を襲った者があるわけだ」

次郎吉は大八車を引きながら話していた。

「――すぐそこが住いでございます」

と、みすずは言って、「誰か人が……」

「兄さん、止めて」

と、小袖が言った。「引き返した方が良さそうだわ」

「うむ。――どうやらそうらしいな」

みすずが面食らって、

「あの――」

「お宅の前にいるのは捕手だわ。御用提灯が見える」

「うちに何の用でしょう？」

「他には誰がお住い？」

「いえ、今は父と二人です」

幸い暗い夜道である。次郎吉は大八車の向きを変え、道を戻って行った。

「一体、どうしたんでしょう」

みすずは呆然《ぼうぜん》としているばかり。

「ともかく、今夜はお宅へ近付かねえことだ。明日になれば、様子も知れましょう」

「でも……どこへ」

「知り合いの和尚の所へお連れしますよ。ボロ寺だが、人目にはつかねえ」

次郎吉は、そう言って大八車を一旦止めると、「やれやれ、いい加減目を覚ましちゃくれないかね」

次郎吉の本業にも差し障りが出そうな重労働であった。

汚名

床板がミシミシと鳴って、みすずは目を覚ました。

ここは？——ひどく腰が痛い。

「ああ……」

寺の本堂の床にむしろを敷いて寝ていたのだ。体が痛いはずである。

そうだ。みすずは起き上ると、

「父上……」

並んで横になっていたはずの父の方へ目をやったが、姿がない。

「父上」

と呼びながら、みすずは冷え冷えとした本堂の中を捜し回った。

庭へ出ると、父、安兵衛が立っていた。

「父上。おいででしたか」

「みすず……。どういうことだ」

と、安兵衛は振り返って、「お前が迎えに来て、なぜ家でなく、こんな所で寝ている」

「そんな……。酔い潰れて、大変だったのですよ。大八車に乗せて、やっとここまで」

「大八車だと？　なぜ駕籠《かご》を呼ばん！　いやしくも武士だぞ」

みすずは情なくなって、その場に座ってしまった。

「申し訳ございません」

と、涙をこらえて言った。

「まあいい。――体中が痛い」

と、安兵衛は首を右左とかしげて、「帰るぞ。お前はどうする」

「父上。それが――」

みすずがゆうべの様子を話すと、

「何？　捕手が？」

「はい。家へ入っておりました」

「馬鹿な！　そんな卑しい者たちの縄を受ける覚えはない！」

「でも――」

「ともかく帰る！　出仕せねば」

ひげの伸びた顎《あご》をさすると、「こんな顔で朋輩《ほうばい》たちに会うわけにはいかん」

「はい……」

と、みすずは立って、「でも、ゆうべお世話になった、こちらのご住職にご挨拶《あいさつ》を――」

「放っておけ。行くぞ」

「父上、お待ち下さい」

山門へと向う安兵衛の後を、みすずはあわてて追って行った。

「鳴海屋《なるみや》だって？」

と、次郎吉は言った。「それは、この前――」

「ええ、押し込みが入って、お店の人が三人も殺されたでしょ」

「憶《おぼ》えてるとも」

と、次郎吉は肯いて、「その一件と、あの宮田安兵衛ってお侍とどうつながってるんだ？」

小袖は舟宿の二階で、寝そべっている次郎吉の傍に腰をおろしていた。

「目明しの定吉《さだきち》さんに当ってみたわ」

「それで？」

「あの店に手引きしたのが、宮田さんだったって」

「あの人が押し込み？　無理だ、そんなこたあ」

「でも、そういう話なのよ」

「どこからそんな話が出たんだろう。――当ってみねえとな」

次郎吉は起き上って言った。

「ね、兄さん」

「何だ」

「あの宮田さんが浪人者に斬られそうになったの、鳴海屋の件のあった翌日なのよ」

「そうか……」

次郎吉は肯いて、「おそらく何か係りがあるんだな」

「あのとき、私が通りかからなかったら、宮田さんは斬られてたわ」

「そうなるはずだった。しかし、邪魔が入って……」

次郎吉はふと、「宮田さんが押し込み、人殺しってことになると、病気のご内儀はどうなる？」

「そうね。――もちろん、ただじゃすまないでしょ」

「まあ、あの親子は寺にいるから大丈夫として……。行ってみるか」

我ながらお節介だが、あのみすずという娘が、父親のことを知ったらさぞ嘆くだろうと思うと、放ってはおけなかったのである。


「用心して行け」

と、宮田市也は妻と娘に言った。

「はい。では旦那《だんな》様――」

と、ゆいが言いかけると、

「いいから早く行け」

と、宮田市也はせかした。

「お父上、それでは行って参ります」

と、美冬は言った。

「うむ。――病み上りゆえ、無理するでないぞ」

「はい。お父上も……」

「わしは大丈夫だ。気を付けて行け」

ゆいと美冬が旅支度で発《た》って行くと、宮田市也はふっと肩を落として、屋敷の中へ戻って行った。

――少し行って、美冬は足を止めた。

「どうしたのです」

と、ゆいが足を止めて振り向く。

「父上は……どうなさるおつもりでしょうか」

「心配いりません。安兵衛殿はもう他人。旦那様にお咎《とが》めはあるまい」

「はい……。でも、私は辛《つろ》うございます。あの人を見捨てて……」

「美冬。――宮田の家を守るためです」

「分っております。でも……安兵衛様にあんなことができようはずはありません」

「今さら、そう言って何になります」

と、ゆいはきつい口調で、「すべては終ったこと。私どもは、早く江戸を離れて――」

美冬がハッとした。

いつの間にか、浪人者が三人、二人の行く手を遮っていたのだ。

「何か用ですか」

と、ゆいが後ろに美冬をかばって、「そこをおどきなさい」

「商売だ。悪く思うな」

と、一人が言って、三人が一斉に刀を抜く。

「母上！」

「美冬、お逃げなさい！　私に構わず」

「そんなことは——」

「仲良くあの世に送ってやる」

浪人たちが迫って来る。ゆいが懐剣を抜いたが、とても敵う相手ではなかった。

「美冬、早く！」

「むだです。とても逃げ切れません」

「こんな所で——」

「念仏でも唱えろ」

と、一人が刀を振り上げる。

「そっちがね」

と、声がした。

「何？」

浪人たちは周囲を見回した。「――誰だ！」

道ばたの茂みから小袖が飛び出して、小太刀が浪人の胴を払った。

次郎吉が上の枝から身を躍らせて、一人を短刀で刺す。

「何者だ！」

残った一人が愕然《がくぜん》とする。

次郎吉の拳《こぶし》がその浪人の下腹に食い込み、浪人は白目をむいて倒れてしまった。

「――間に合って良かった」

と、次郎吉は言った。「宮田安兵衛さんの奥方ですね」

「もうあの男とは離縁しました」

と、ゆいが言った。「宮田家とは何の関係もなく……」

「私は夫を信じております」

と、美冬が叫ぶように言った。

「美冬――」

「母上もお分りのはず。安兵衛様にあんなむごいことができるかどうか」

「ですが、もう安兵衛殿とは――」

「おい、小袖。この三人の中に、この間の浪人はいるか」

「いいえ。もっと腕が立ったわ」

「そうか」

「あなた方は？」

と、美冬が訊いた。

借金

「では――」

と、美冬は言った。「あなたが夫を救って下さったのですね」

「あれは明らかに刺客だったと思います」

と、小袖が言った。「ご存知《ぞんじ》なかったのですか？」

――宮田家へ戻った美冬とゆいは顔を見合せた。

宮田市也は、難しい顔でじっと押し黙っている。

「あの前日……」

と、美冬が言った。「ご家老様より内密のお話が」

「美冬」

と、父親の市也が止めたが、

「この方たちにならお話ししても大丈夫」

と、美冬は言った。「次郎吉さん、とおっしゃいましたか。——この宮田の家にご家老様がおいでになり……」

「分ってくれ」

と、家老、水口正玄《みずぐちしょうげん》が頭を下げた。「藩の危機、いわば今わが藩は崖《がけ》っぷちに立っているのだ」

「ご家老、どうか顔をお上げ下さい」

と、宮田市也が急いで言った。「藩のためなら、一命をも投げ打つのは、武士として当然のこと」

「かたじけない!」

と、水口正玄は息をついて、「安兵衛殿は誠に実直な男。その安兵衛殿に一人、責めを負わせるのは辛いのだが……」

「いえ、それでお役に立てるのでしたら、やむを得ません」

と言ったのは、ゆいだった。

「そう伺って、拙者も安堵《あんど》いたしました」

と、水口正玄は肯いた。「むろん、安兵衛殿にもじかに話をして、納得してもらっている」

美冬も両親の少し後ろで家老の話を聞いていたが、口は開かなかった。

「ただ、ご家老様」

と、ゆいが言った。「安兵衛がお咎めを受けますと、この美冬や、孫のみすず、ひいてはこの宮田の家にも……」

「いや、その心配はご無用」

と、首を振って、「みすず殿も、この宮田家も一切お構いなしと決っておる。だからこそ、安兵衛殿も納得してくれたのでな」

「さようでございますか」

では、と家老水口正玄が帰って行ってから、初めて美冬は口を開いた。

「父上。今のお話、あまりに夫が哀れです」

「うん、まあ……。しかし、藩命とあればいたしかたない」

「でも……」

「美冬。何よりこの宮田の家を守るのです」

と、ゆいが言った。

「はい……。でも本当にあの人は納得しているのでしょうか」

「ご家老が嘘をついていると申すのか」

「だって……。もし、そんなことになっていたら、あの人はきっと私に会いに来ると思うのです」

「いや、これは藩の内々の秘密。口にしてはならぬことなのだろう」

「だとしても、きっと私の顔を見に——」

「もうよせ」

と、父は遮って、「すでに話はついているのだ。安兵衛とて、どうすることもできぬ」

美冬は目を伏せた。


「その夜、鳴海屋に押し込みがあり」

と、美冬は言った。「店の者が斬られました」

「美冬、藩の恥をさらすようなことを——」

と、ゆいが口を挟むと、

「母上、私どもは殺されるところだったのですよ」

と、美冬が強い口調で言い返した。「まだご家老様の話を信じておられるのですか」

さすがにゆいも口をつぐんでしまった。

「つまり、鳴海屋の一件を、安兵衛さんの罪にして、片付けようとしたのですね」

と、小袖が言った。

「藩は鳴海屋から相当の借金をしているとの噂です」

と、美冬は言った。「真《まこと》のことなのでしょう、父上」

宮田市也は深く嘆息して、

「そのようだ」

と、肯いた。「本当のところは、手前のような身分の者には分らないが、噂では、かなりの借財と聞いている。そして……」

「そして？」

「どうやら、期限が来ても利息すら払えず、鳴海屋からは、かなり強硬に催促されて困っていたらしい」

「その借金をうやむやにするための押し込みか」

と、次郎吉は言った。「だが、店の者を斬ったのはひど過ぎますぜ」

「夫は決してそのような……」

「私もそう思います」

と、小袖は言った。「刺客に襲われたときのお姿を見ても、人を斬ったことなど全くないと分りました」

「はい。もともと調べ物や文献を探すことがお役目。夫はそういうことは好きだったので、喜んでやっていました」

「刺客に斬らせて、安兵衛さんが切腹したとでも言うつもりだったんでしょう」

と、次郎吉は言った。

そのとき、小袖がハッとして、

「兄さん、表で――」

次郎吉と小袖は急いで屋敷の玄関先へと出て行った。

「しまった。――中へ入れておくんだったな」

当て身で気を失っていた浪人をここへ連れて来て縛り上げ、玄関先の木につないでおいたのだが、今その浪人は血に染って、絶命していた。

「その刺客とやらが、口封じに殺したんだろう」

「どうせなら、縄を切って逃がせばいいのに」

「そんな面倒なことは考えない奴なんだ」

美冬もやって来て息を呑んだ。

「何てむごい……」

美冬は青ざめて、「――あの人は、夫は大丈夫でしょうか」

「あそこにいる限りはご無事だと思いますよ」

と言ってから、次郎吉は、「おい、何だか心配になってきた」

「そうね。行ってみましょう」

それを聞いて、美冬が、

「私も参ります！　お連れ下さい」

と言った。

「美冬――」

と、父親がやって来る。

「止めないで下さい、父上。私は今でもあの人の妻です」

「止めはせん」

と、市也は言った。「安兵衛を救うのだ。わしらのことは心配するな」

「ありがとう！」

美冬は頰を染めた。


寺の壊れた塀から中へ入ると、次郎吉は足を止めた。

「おい、小袖。――血が飛んでる」

「本当だわ。まさか……」

と、顔を見合せたとき、寺の床下から、

「ここです……」

と、かぼそい声がした。

「みすずさん！」

小袖は駆けて行くと、床下からみすずをかかえて出て来た。

「まあ、みすず！」

美冬が駆け寄る。

「お母様……。嬉しい、会えるなんて……」

みすずは肩をけがして、血が出ていた。

「どうしたの、これは？」

「父上が……屋敷へ戻ると……。止めようとしたけど……」

「じゃ、安兵衛さんは？」

と、次郎吉が訊いた。

「捕手に囲まれ……。私に『早く逃げろ』と叫んで、捕われました。私は懸命に逃げて……。捕手の刺股でけがをしましたが、何とか逃げのびました」

「ともかく血止めをしましょう」

と、小袖が言った。「その上で、千草《ちぐさ》さんの所へ」

「いけません。ご迷惑がかかっては……」

と、みすずは言った。「このお寺に戻るのも迷ったのですが、他にどうしようもなくて……。でも、追手は大丈夫だと思います」

「みすず……。痛いでしょう。ごめんなさいね、私がふがいないばかりに……」

と、美冬は涙を拭った。

「明るい中じゃ、運ぶのは難しいな」

「どうぞ……放っておいて下さい。父を……父を助けて」

と言うと、みすずはガクッと頭を垂れた。

「気を失ってるわ」

と、小袖は言った。「でも、脈はしっかりしてる」

「血を止めて、暗くなるのを待とう。俺は安兵衛さんがどうなったか、当って来る」

「お願いいたします」

美冬が深々と頭を下げた。

刺客

「宮田……。宮田安兵衛。――聞こえるか」

呼びかける声が闇の中に響いて、しばらく牢《ろう》の中には何の気配もなかったが、やが

て人の動く物音がして、

「誰だ……」

と、弱々しい声がした。

「安兵衛、私だ。水口だ」

「ご家老！」

格子の方へ這《は》って来ると、安兵衛の姿がかすかな明りに浮かび上った。

「安兵衛……。お主、ひどい様子だな」

安兵衛は憔悴《しょうすい》し切った様子で、腕や足のそこここに血がにじんでいた。

「ご家老……。拙者には分りません。なぜ拙者がこんな目に遭うのですか？」

「許せ、安兵衛」

と、水口は言った。「これは拙者のせいなのだ」

「ご家老の？」

「うむ。しかし、もう大丈夫。殿が奉行所へ手を回して下さった。案ずることはない」

「娘のみすずは——みすずはどうしましたか」

と、安兵衛は格子をつかんで訊いた。

「みすず殿は逃げおおせたようだ」

「さようでございますか！」

安兵衛は安堵した様子で、「もしや、みすずも捕えられ、責められているのではないかと思い、気が気ではありませんでした」

「しかし――お主、歩けるか」

「はい、何とか……」

「待て」

水口は懐から大きな鍵《かぎ》を取り出すと、「今、この錠前を外してやる」

「しかし、牢番は？」

「心配ない。話がついている」

「さようで」

水口は錠前を外したが、

「少し待て。拙者が逃がしてやったと分るとうまくない。少し待ってから、一人で出ろ。そして、奉行所の裏門から出て行くのだ。拙者はそこで待っている」

「はあ……」

と、安兵衛は肯いて、家老の後ろ姿を見送っていたが……。

そっと牢から出ると、痛む体を引きずるようにして、表に出て行った。

夜中とはいえ、見張りの一人もいないというのは、いかにも妙だったが、そこが

「話をつけた」ということなのか……。

ともかく牢を出られただけでも、安兵衛は嬉しかった。

「裏門と言ったな……」

しかし、奉行所の中をそうよく分っているわけでもなく、安兵衛は、ほとんど手探り状態で、暗い中を進んで行った。

ぼんやりとした薄明りの中に、小さな門らしいものが見えて、安兵衛はホッとしながら足の痛みも忘れて急いだ。

しかし、門は閉っていて、どうすれば開くのか分らない。安兵衛は門をそっと小さく叩《たた》いて、

「ご家老」

と呼んだ。「――水口様。おいでですか」

そのとき背後に人の気配があって、振り返ると、提灯の明りが、ぼんやりと黒い人影を浮かび上らせた。

それはどう見ても水口ではなかった。

「誰だ？」

と、安兵衛が問いかけると、

「見忘れたか」

と、男が言った。

目が慣れると、安兵衛は息を呑んだ。

「お前はあの……」

「今度は仕損じぬぞ」

あの斬りかかって来た浪人だ。

「なぜ……奉行所の中で斬るというのか」

「世の中を分っておらん奴だな」

と、浪人は笑った。「貴様はここで死ぬ。何しろ牢を破って逃げようとしたのだ。斬られたところで誰も不審には思わぬ」

「何と……。では、ご家老もご承知なのか」

「当り前だ。覚悟はいいか」

刀を抜く。提灯の明りに刃が白く光った。木の枝に下げた提灯が風で揺れた。

「卑怯《ひきょう》な！　刀を持たぬ者を斬るのか！」

「同じことだと思うがな」

浪人は笑って、小刀を腰から引き抜くと、安兵衛の足下へ投げた。「さあ、取れ」

安兵衛とて分っている。この浪人にかなうわけがない。

しかも、痛めつけられた体は、思うように動かないのだ。

それでも、安兵衛は小刀を拾い上げ、鞘を払った。素手で殺されるのでは、処刑も同じだ。

せめて――せめて、侍らしく、刀を持って死のう。

責め苦を受けて、却《かえ》って安兵衛には死を恐れない覚悟が定まっていた。

「よいか」

「ああ。――来い」

と、安兵衛が刀を構える。

浪人がゆっくり進み出て来る。一撃で安兵衛は倒れる――はずだった。

浪人が足を止めて、グラッと揺らいだ。

「――誰だ！」

浪人の脇腹に匕首《あいくち》が刺さっていた。

安兵衛が真直ぐに刀を突き出して、浪人へぶつかって行った。

浪人は戸惑うように、

「なぜだ……」

と呟《つぶや》くと、崩れるように伏した。

安兵衛は呆然として、突っ立っていたが、ガチャリと音がして、振り向くと門が開いていた……。

「千草先生」

お国《くに》が言った。「すっかり表も裏も……」

「出られそうもない？」

「ええ」

千草は固く唇を結んで、一瞬考えていたが、

「小袖さん」

「千草さん、ごめんなさい。こんなことになってしまって」

「いいえ」

千草は首を振って、「向うが理不尽なのです。小袖さんが謝ることはありません」

診療所は静かだった。

しかし、周囲は侍たちに囲まれていた。

「兄さんが戻って来れば……」

と、小袖は言った。

「――お国ちゃん」

と、千草は言った。

「はい」

「向うも、他の患者までは殺しはしないでしょう。私にもしものことがあったら、よろしく」

「先生！　私も一緒です」

「患者さんたちを守るのが私たちの役目よ」

と、千草がきっぱりと言った。「私が出て行って話をします」

「私が何とか——」

「小袖さんの腕でも、相手が何十人ではどうしようもありませんよ。無駄死にしないで下さい」

そのとき、

「待って……」

廊下をよろけながらやって来たのは、みすずだった。

「起きてはだめよ！」

「私さえ出て行けばいいんです。私と母が」

「その通りです」

美冬がみすずの後について来ていた。「私とみすずが出て行きます。夫も今ごろは奉行所で責め殺されているかもしれない。命は惜しくありません」

「美冬さん……」

「さあ。——みすず、私の肩につかまって。歩ける？」

「ええ。大丈夫」

「あなた方だけをやるわけには行きません」

と、千草が言った。「私も一緒に」

「いいえ。あなたは大事なお体です。ここにいる病気の人たちのためにも、生きていて下さらなくては」

と、美冬は言って、「みすず、行きましょう」

「ええ、お母様……」

そのとき、診療所の門扉を押し破って、侍たちが入って来た。

「——ご家老様」

と、美冬がみすずを後ろにかばって、「それが武士のなされようですか」

「藩のためだ」

と、水口は言った。

「藩のためと言えば何でも通ると？」

「やむを得んのだ。今ごろ、そなたの夫も生きてはおらん」

「お恨み申します」

と、美冬はじっと水口をにらんで、「斬りたくばどうぞ。ですが、この診療所の方には、手出しは無用でございます」

「藩の秘密を知られたからには、生かしておけぬ」

水口の言葉に、侍たちが刀を抜く。

小袖が飛び出して来て、美冬たちの前に立った。

「市中でこのような騒ぎを起こして、無事に済むと思うのですか！」

と、小袖が小太刀を抜いて構えながら言った。

「済むか済まぬか、やるしかないのだ」

と、水口は言った。

そのとき、門の外がざわついた。

「ご家老！　駕籠が」

「どうした！」

正面に駕籠が着けられると、中からどこか風格を感じさせる男が現れた。

「鳴海屋……」

と、水口が呟く。

「水口様」

と、一礼して、「こちらは仙田千草様でいらっしゃいますな。私は、鳴海屋多門《たもん》でございます」

「これはどうも……」

「私どもの所へ押し込みがあった日は、女房ともども、旅に出ておりましてな」

「さようでしたか」

「ところで水口様。これは何の騒ぎでございますか」

と、鳴海屋が訊いた。

「いや、これは……」

「ご公儀に知れれば、ただでは済まされませぬぞ」

言葉づかいこそていねいだが、明らかに鳴海屋の方が水口を圧倒していた。

「商人のくせに、武士に向って指図する気か！」

「よくお考え下さいませ。ここで私を斬ってどうなると？　お上もだまってはおりませんぞ」

水口が詰《つま》った。

「それとも、用立てた金、すぐこの場で返していただけるのですか？」

「いや、それは――」

「待ってもらいたくば、すぐこの場からお引きなさい」

鳴海屋の堂々とした態度に、水口は悔しげに唇を嚙《か》んだが、

「――分った」

と、息をつくと、「皆、引け！」

と一声、荒々しく出て行ってしまった。

「——鳴海屋さん」

と、千草が言った。「ありがとうございました」

「いや、間に合って良かった」

「どうしてここへ？」

「ご案内をいただきましてな」

と振り返ると、次郎吉が安兵衛を連れて現れた。

「あなた！」

「父上！」

美冬とみすずが駆け寄る。

「無事だったか！　良かった……」

安兵衛が泣きながら妻と子を抱きしめた。

小袖が小太刀を納めて、

「兄さん。——気が気じゃなかったわ」

「すまねえ。しかし、間に合ったろ」

「安兵衛さんのことは……」

「あの藩も、ただでは済まねえ。それどころじゃなくなるさ」

次郎吉はそう言って、「ともかく、親子でしばらくここの世話になることですな」

「次郎吉さん……。ありがとう」

と、みすずが涙を拭った。

「さあ！　病人は早く床へ戻って！」

と、お国が偉そうに言ったので、居合せた人々に笑いが起きた。

「ところで、次郎吉さん」

と、鳴海屋が言った。「いかがです？　うちで働く気はありませんか？」

「へ？」

次郎吉は目を丸くして、「いや、そいつは……。根っからの怠け者でしてね。――小袖！　帰ろう！」

と、あわてて逃げ出したのだった……。

鼠、夢に追われる

卑怯者

「果し合いだ！」

という声が聞こえて、小袖は足を止めた。

「どこだ！」

「そこの境内だ！」

物見高い連中が駆け出して行く。

「果し合いですって」

と、お国は言った。「見に行きます？」

「そうね……。こんな昼日中、一体何の因縁なんでしょうね」

小袖も、本当の真剣での果し合いなら見ておきたいと思った。いや、できることなら、「やめておきなさい」と、止めに入りたいところだ。

「お国ちゃんも行く？」

「ええ、もちろん！」

と、お国は肯《うなず》いて、「どっちか、けがするかもしれませんし」

お国は、女医千草の助手である。

「じゃ、行きましょう」

と、小袖は言った。

二人が神社の境内に入ると、もう黒山の人だかりだった。

「——これじゃ何も見えませんね」

と、お国が悔しそうに、「木にでも登ろうかな」

しかし、そこにも「先客」があった。

「おい、お国！　ここだ」

木の上から手を振っているのは、次郎吉だった。

「兄さん！　何してるの、そんな所で」

と、小袖が呆《あき》れて、「物好きね、本当に！」

「俺が来たとき、もう人垣で何も見えなかったんだ」

「よいしょ」

お国も枝に足をかけて、木によじ登った。

「おい、木が折れる」

「次郎吉兄さんが下りて下さい」

小袖は下から見上げて呆れている。

「どうなの？　果し合いは見える？」

「見えます！　――浪人二人。どっちも、かなりひどいなりしてます」

と、お国が報告してくる。

「二人とも、かなりくたびれてるぜ」

と、次郎吉が言った。「このまま、決着がつかずに終るんじゃねえか」

「誰か止めに入ればいいのに」

と、小袖が眉《まゆ》をひそめる。

「ああ。しかし――」

と、次郎吉は言いかけて、「いけねえ」

「あ！　斬られました、一方が！」

と、お国が声を上げる。「足を滑らしたんです。転びかけたところへ刀を――」

「止めねえと殺される」

次郎吉は木から飛び下りて来ると、「今ならまだ傷は大したことねえ」

野次馬たちがワッと沸いた。

「ごめんよ。――通してくれ」

次郎吉が人を分けて行こうとするが、

「頑張れ！」

「おい、立て！」

「今だ！　やっちまえ！」

口々に叫ぶ野次馬を押しのけるのは、容易ではなかった。

刀身の打ち合う音が境内に響いた。

「おい、よせ！」

次郎吉が、やっと人垣を抜けて出る。

手傷を負った浪人が、地面に仰向けに倒れて、もう一人が刀を大きく振り上げたところだった。倒れている浪人に、その刀を受け止める力はない。

次郎吉にも止める間はなかった。

「やあっ！」

と、かけ声と共に刀は振り下ろされようとしたが――。

そのとき、シュッと空を切る音と共に一本の矢が飛んで来て、刀を振り下ろそうとしていた浪人の背中に突き刺さったのである。

一瞬、その浪人は動きを止め、何が起ったか分らない様子で目を見開いていた。――正に、時の流れが止ったかのようで、周囲の野次馬たちもピタリと声を止め、その信じられない光景を眺めていた。

矢はかなり深く刺さったのだろう。浪人はそのまま地面に伏した。

「あれま……」

お国が目を丸くする。

次郎吉は急いで矢の当った浪人へ駆け寄った。しかし、すでにこと切れている。

「お国、こっちのお侍の傷を」

「はい！」

小袖も、人をかき分けてやって来た。

「――傷を見せて下さい」

と、お国が言って、かがみ込む。

「大丈夫……。大丈夫だ」

と、起き上ろうとして、「どうした？　どうしたのだ」

「矢ですよ」

次郎吉はそう言って、「誰が射たんだ？」

と、人々の方へ問いかけたが、誰もがざわつくばかりで、見当がつかない。

「動いてはだめです」

と、小袖が、手傷を負った浪人へ、「傷は浅いですが、動くと出血しますよ」

「しかし……」

「お国ちゃん、この人を診療所へ」

「はい」

「ここからは近い。お国、どこかで戸板を見付けて来い。乗せて運ぼう」

「分りました！」

と、お国は肯いて、「ちょっとどいて！　手伝う気がないんなら、邪魔しないでよ！」

お国の威勢の良さに、人垣がワッと割れて道ができた。

起き上った浪人は、相手が倒れているのを見て、愕然《がくぜん》とした。

「どうしたことだ……。この矢は？」

「さあ。誰かがあんたを救ったってことですね」

「正々堂々の果し合いだったのだ！　それなのに……」

「さあ、血を止めましょう」

小袖が次郎吉へ、「兄さん、手拭《てぬぐ》い持ってる？」

「ああ。使えよ」

小袖が、傷を受けた浪人の左腕の付け根を固く縛った。

「おい、甘酒屋」

と、野次馬の中から声があった。「そんな奴、助けてやることたあねえぞ」

「そうだ。矢で射殺すなんぞ、卑怯《ひきょう》だ」

そうだそうだ、といくつも声が上る。

「勝手なこと、言うもんじゃねえ」

と、次郎吉は言い返した。「どんな事情あっての果し合いか、分ってる奴はいるのか？　――いねえだろ。さあ、もう行った行った。お前ら、そんなに暇なのか？」

野次馬は、ブツクサ言いながら、少しずつ散って行く。

そこへお国が、大きな戸板を一人でかついで来た。

「次郎吉兄さん、これで大丈夫ですか？」

「おお、よく見付けたな」

「ちょうど閉ってる茶屋があったんで」

「そうか。――お前、ちゃんと断って来たんだろうな」

「いいえ。留守だったんで、一枚、けとばして外したんです」

次郎吉は何とも言えなかったが、ともかく浪人を診療所へそっと運ぶことにした。

「おい、手伝ってくれ！」

次郎吉が声をかけると、立ち去りかねていた野次馬の何人かが手を貸してくれることになった。

「一人、誰かお役人を呼んでくれ。このまま仏さんを放っちゃおけないし」

と言っていると、そこへ目明しの定吉が駆けつけて来た。

「殺しか。――果し合いじゃなかったのかい？」

「何だい、知ってたのか？　そんなら、止めてやらなきゃ」

と、次郎吉が言った。

「いや……。だってよ、仲裁に入って、こっちがけがでもしたら馬鹿らしいじゃねえか」

「情ねえこと言いなさんな。伊達《だて》に十手を持っちゃいねえだろ」

「へへ……。甘酒屋さんに言われちゃな」

と、定吉はちょっと肩をすくめた。「しかし、この矢は？」

「それが分らねえ。大方、あの辺から射たんだと思うが」

と、次郎吉は顎《あご》をしゃくって、「もちろん射た奴はとっくに逃げたろうが、何か残してった物があるかもしれねえ。よく見てくれよ。俺はこのけが人を運ぶ」

戸板に乗せられた浪人は、苦痛に呻《うめ》いたが、

「少しの辛抱ですぜ」

と、次郎吉から声をかけられると、

「かたじけない……。しかし、あの矢のこと、拙者の知らぬことだ。本当だ、誓って知らなかった！」

その声は震えていた。

遺恨

「割合、傷は浅《あそ》うございました」

と、千草が言った。「でも、すぐに動くと傷口が開いて、却《かえ》って悪くなります。五、六日はここでおやすみ下さい」

「いや、きっと妻が心配しておると思うので……」

「では右手が使えるのですから、手紙をお書き下さい。このお国がお届けします」

次郎吉がフラッとやって来た。

「手当は終りましたか」

「ええ、血は止りました」

浪人は次郎吉の方へ、

「お手数をかけましたな」

と言った。

「いや、こんな時はお互い様で」

と、次郎吉が言うと、

「次郎吉兄さん、どうせ暇を持て余してるんで、気にしなくていいんです」

と、お国が余計な口を挟んで、次郎吉ににらまれている。

「申し遅れました。拙者は宮野九郎《みやのくろう》と申す者。――ご覧の通りの浪人暮しが、もうずいぶん長く……」

「宮野さんですか。目明しがお相手のお侍の亡きがらを運んで行きましたが、あの方はどなたで？」

宮野は目を伏せて、

「あれは清水礼三郎《しみずれいざぶろう》といって……。拙者にとっては義理の弟に当る男です」

と、辛《つら》そうに言った。

「といいますと……」

「妻の弟に当ります。妻の鈴江《すずえ》は――」

と言いかけて、「いや、それは他の方々には係《かか》り合いのないこと」

と、小さく首を振り、

「では、お手数ながら筆と紙をお借りできますか」

「ご用意いたします」

――宮野九郎が妻にあてて手紙を書いている間、次郎吉は廊下へ出て、千草に小声で果し合いの詳しいことを話した。

「――そんなことが」

「まあ、その矢がなけりゃ、今ごろ宮野さんの方が自身番へ運ばれてるところだが。お侍同士の果し合いで、あの終り方はいけねえや。宮野さんも辛いだろう」

「亡くなった方――清水礼三郎さんといいましたか。詳しいことを聞いて、知らせる所へは話さなければ」

「そうだな。――しかし、あの野次馬が心配で」

「どういうことです？」

「宮野さんが、秘《ひそ》かに助太刀を頼んで、卑怯にも矢で勝ったという……。いや、ご当人は知らねえとおっしゃってるが、噂ってやつはどんどん広まって行く」

「その通りですね。でも、誰が矢を射たかも分らなくては、宮野さんの言いわけが通りはしないでしょ」

「それだ。――宮野さんと縁もゆかりもねえ者があんなことをするわけはねえし、心当りがないとなると、厄介だ……」

と、次郎吉は腕組みをして言った……。


「あなた……」

寝ている宮野へと、不安げに声をかけ、鈴江は傍に膝《ひざ》をついた。

宮野はうっすらと目を開けて、

「鈴江か……」

と、呟《つぶや》くように言った。

「私です。分りますか？」

「ああ……。分る」

と、小さく肯く。

案内して来た千草が、

「ご主人様は、痛み止めの薬のせいで、半ば眠っているような状態なのです」

と説明した。「傷は命取りになるようなものではありません。ご心配なく」

「さようですか……。そう聞いて安堵《あんど》いたしました」

宮野を眠らせておいて、千草は妻の鈴江を客間へ連れて行った。

「次郎吉さんと、妹の小袖さんです」

と、千草は紹介して、「宮野さんをここへ運び込んで来られました」

「お手数おかけして……」

「まあ、どうぞ。お座り下さい」

と、次郎吉は座布団を勧めて、「果し合いのことはご存じでしたか？」

「いいえ……。まさかこんなことになろうとは……」

「どんなご事情がおありか存じませんが、よろしければ聞かせちゃいただけませんかね」

　と、次郎吉は言った。

「はい……。宮野は朝倉《あさくら》藩で剣術指南をつとめておりました」

「弟さんもやはり――」

「はい、同じ藩士で、弟は宮野より五つ年下でございます。二人は兄弟のように親しくしておりましたが……」

　鈴江は涙を拭《ふ》いた。「夫は斬られてやりたかったでしょう。少なくとも、弟の清水礼三郎を手にかける気にはなれなかったはずです。ただ……」

　と、口ごもる。

「ただ？」

「死ぬわけにはいかなかったのです。――武也《たけなり》のために」

「それはお子さんですか」

「はい。今、七歳になります」

「なるほど……」

　鈴江は、暮しの疲れこそ浮んでいたが、今も充分に美しかった。

「原因になったのは、私なのです」

　と、苦しげに言葉を絞り出した鈴江は、深く嘆息した。

「何ですか、話とは」

礼三郎は、ふしぎそうに訊《き》いた。

普段、兄とも慕う宮野が、いつになく深刻な顔でいるのが解せなかったのである。

林の中へ呼び出したのは宮野だった。

「礼三郎。——落ちついて聞いてくれ」

「はあ……」

「お前の姉のことだ」

「姉上のこと？　——姉上がどうかしましたか」

礼三郎はいぶかしげに言った。姉、鈴江は、礼三郎にとって恩師に当る、藩お抱えの学者に近々嫁ぐことが決っていた。

「俺はな」

と、宮野が言った。「俺は鈴江殿のことをずっと思い続けていたのだ」

礼三郎は呆然《ぼうぜん》として、

「そんな……。どうして今になって……」

「分っている。しかし、鈴江殿の婚儀が迫るにつれ、俺はやり切れなくなった。そして、鈴江殿に心の内を打ち明けたのだ」

「鈴江殿も、俺に思いを寄せていた、と言ってくれた」

「ですが、姉上は――」

「何ですって？」

「そして――俺と鈴江殿は契りを交わしたのだ」

礼三郎は徐々に頬を染めると、

「姉上の身を汚したと言うのですか！」

「汚した、などと言ってくれるな。俺も鈴江殿も悔んではいない。嫁入りの話はなかったことにして――」

「とんでもない！　私はどうなるのです？」

「分っている。お前の立場を、鈴江殿も心配していた」

「許せません！」

礼三郎は刀に手をかけた。

「おい、待て！」

宮野は後ずさって、「お前が怒るのは分るが、刀を抜くようなことではない」

「いいえ！　私は師を裏切ることは許しません！」

「俺を斬るというのか」

「そうです」

「そうか。——では斬れ」

宮野は息をつくと、礼三郎と正面から向い合った。

「斬りますとも！」

礼三郎は刀を抜いた。

「俺を斬って、それからどうするのだ」

「知れたこと。姉上も斬って、師へ詫《わ》びた後、腹を切ります」

「何だと？」

宮野は呆れたように、「三人もの命を失わせて、それで何が残るというのだ」

「理屈ではありません！　許せないのです！」

礼三郎は刀を正眼に構え、「抜いて下さい」

「断る。お前は鈴江殿の弟。お前を斬るのはごめんだ」

「ならば斬りますぞ！」

礼三郎は刀を振り上げた。

そこへ、

「待て！」

と、声があって、同じ藩の若侍たちが数人、バラバラと駆けつけて来ると、

「刀を下ろせ！」

と、礼三郎を止めようとした。

「何をするんだ！　これはお前らと係りのないことだ」

「そうはいかん。たまたま通りかかって、言い争う声を聞いたのだ。お前も頭に血が上っているのだ。ともかく一旦《いったん》刀を納めろ」

一人が、礼三郎の手を押えようとした。

「触るな！」

礼三郎はその手を払いのけた。

「――おい！」

凍りつくような静けさだった。

払いのけた弾みで、礼三郎の刀が、止めようとした若侍の太腿《ふともも》を傷つけていたのだ。

「斬ったな、清水！」

と、その若侍がドッと倒れる。

「違う！　斬るつもりでは……」

礼三郎も愕然《がくぜん》とした。

「血を止めねば！」

と、宮野が駆け寄る。「礼三郎、刀を引け！」

礼三郎は、宮野の言葉も耳にはいっていない様子で、血のついた刀をさげたまま、呆然と立ち尽くしていた……。

「この出来事が藩の重役の耳に入り、殿のお怒りを買ったのです」

と、鈴江は言った。「結局、清水の家も宮野の家も、藩を離れ、浪人の身となりました」

「なるほど」

と、次郎吉は肯いた。「それで、今日の果し合いに？」

「浪人の身となって、当然私の縁談は流れ、私は宮野と共に故郷を出たのです。――礼三郎から『出て行け』と言われましたし」

「それでは、江戸においでになることは？」

「私たちは、礼三郎と面倒なことになってはいけないと思い……」

と、鈴江は続けた。「宮野と二人、夜中に秘かに発《た》ちました。――どこへ行くというあてもなく、江戸へ参りましたが、なかなか仕官の道は難しく、その内、武也も生まれ、宮野は用心棒までやるように……。そして、宮野は市中でバッタリ礼三郎と出会ったのでしょう」

「分りました。――鈴江さん」

と、次郎吉は言った。

「はい」

「礼三郎さんの命を奪ったのは、一本の矢でした。あの矢にお心当りは？」

「いいえ」

鈴江は首を振って、「夫は、礼三郎を斬るくらいの腕は持っております。もちろん、礼三郎も腕を磨いたでしょうが……」

「そうですか」

次郎吉は腕組みして、「ともかく、宮野さんは命を取り止めなすったが、礼三郎さんの亡きがらをどうなさるんで？」

「私が引き取ります」

と、鈴江は即座に答えたのだが、ところが……。

汚名

次郎吉と小袖は急ぎ足で、その長屋へ入って行くと、その一軒の前で足を止め、

「こいつあひでえ……」

「気の毒ね」

小袖は首を振って、「——鈴江さん。小袖です」

と呼びかけた。

長屋の中でも、その一軒は、戸がボロボロになって、障子はほとんど紙がまともに残っていない惨状だった。

「小袖です」

再度呼びかけると、やがて中から、

「小袖さん……？」

と、かぼそい声がした。

「いらっしゃるんですね。——大丈夫ですか」

小袖は戸をそっと開けた。

「良かった……。また誰かが石を投げつけに来たのかと……」

暗い部屋の奥で、鈴江は涙声を出した。

「まあ……」

足の踏み場もないほど、石が転っている。

「夜になると、出るのが厄介だ」

と、次郎吉は言った。「鈴江さん、ここを出るんだ」

「でも……」

「診療所においでなせえ。あそこなら千草さんもお国もついてる」

「ご迷惑をかけては……」

「そんなこと、心配しなくていいんですよ」

と、小袖は言った。「武也ちゃんは？」

「押入れの中です。石が当るとけがをすると思い……」

「さあ、武也ちゃんを連れて――」

と、小袖が肩に手をかけると、鈴江が、あっと声を上げた。

「まあ！　石が当って、けがを……。早く逃げ出せば良かったのに」

「恐ろしくて……。黙って、突然ワッと石が次々に飛んで来るんです。外へ出たら、殺されるかと……」

――あの果し合いの話は、もうすっかり知れ渡ってしまっていた。宮野は、「果し合いの相手を弓で射殺させた卑怯者」ということになってしまっているのだ。

「縁もゆかりもねえ奴らが、何てことしやがる」

と、次郎吉は腹立たしげに言った。

「でも……夫の代りに私が石を投げられようと……」

「兄さん、方々にあざができてる。――手当しないと」

「よし。駕籠《かご》を呼んで来る」

「お願い。――さあ、鈴江さん、仕度をして。ここを出るのよ」

「でも……」

鈴江はすっかり怯《おび》えている。

そのとき、表にバラバラと足音がした。

「ここだ！」

「卑怯者の家だぜ」

「石だけじゃつまらねえ。猫の死骸《しがい》でも投げ込んでやれ！」

と、口々に言っている。

「おい！　卑怯者の女房はいるのか！　石を投げつけられたくなかったら、裸踊りでも見せてみろ！」

ドッと笑い声が起る。——そして、

「何だ、てめえは」

小袖が表に出て行ったのだ。

「女と子供だけの家に石を投げる？　あんたたちの方がずっと卑怯者でしょ」

「何だ、この女？　あいつの肩を持つ気か」

「おとなしく引き上げなさい。痛い目にあいたくなかったらね」

「言ってくれるじゃねえか」

と、一人が笑って、「誰が痛い目にあうって？」

小袖の右手が小太刀をつかんでいた。素早く刃が男の体に沿って走ると——帯がバラリと落ちて、前がみっともなく開いてしまった。

「——何しやがる！」

小袖の小太刀が空を切ると、男たちのまげが宙に飛んだ。

「逃げろ！」

男たちがあわてて駆け出して行った。

「情けない奴ら」

と、小袖が小太刀を納めて振り向くと、「——あら。武也ちゃんね」

男の子が、じっと小袖を見つめている。

「お姉ちゃん、強いね」

「そう……。でも、大したことないわよ」

「僕に剣を教えて」

「え？」

「強くなりたいんだ」

「そう。でもね、まだあなたには早いわ」

と、小袖は言った。「今は、お母さんのそばについてて、守ってあげるのよ」

「おい、駕籠だ」

と、次郎吉が戻って来て、「――どうしたんだ？　何でまげがあちこちに落ちてる？」

「次郎吉さん」

診療所に着くと、千草が出て来た。硬い表情で、

「宮野さんが――」

と、鈴江が青ざめる。

「あの人がどうかしたのでしょうか」

「いなくなってしまったのです」

千草はそう言って、「申し訳ありません」

「いや、千草さんは忙しいんだ」

と、次郎吉は言った。「自分で、どこかへ出かけた？」

「――分りました！」

と、お国が奥から駆けて来る。「お侍が、宮野さんを訪ねてみえて、一緒に出て行ったって、見た人がいます」

「お侍が……」

鈴江は身震いして、「あの人は――けがをしてるのに」

「刀は？」

と、次郎吉が訊く。

「持って行ってます」

お国の言葉に、次郎吉と小袖は顔を見合せた。

「もし、果し合いの続きを、誰かが代りにやろうというのなら、どこか人気のない場所だろう」

と、次郎吉は言った。「それに、けがしているから、そう遠くへは行けねえ」

「では……この先の川原でしょうか」

と、千草が言った。「人目につきません」

「行ってみよう。――鈴江さんはここに」

「でも――」

「小袖と二人で行ってみます」

次郎吉と小袖は急いで診療所を出た。

少し薄暗くなっている。

「――こっちが近道よ」

と、小袖が細い小径《こみち》を選ぶ。

「お前、よくこんな道を知ってるな」

「この先の野っ原は、逢引《あいび》きに向いてて、有名なのよ」

「何だって？　お前も？」

「今は、そんな話、してるときじゃないでしょ」

二人は、川原を見下ろす土手に出た。

二つの人影が川原で重なり合って見えた。

「宮野さん！」

と、次郎吉は呼んだ。「その勝負、待った！」

一人がよろけて膝をつく。川原へ飛び下りた次郎吉は、必死で走った。

「次郎吉殿……」

宮野が砂利の上に伏せると、「鈴江を……よろしく……」

「いけねえ。気を確かにお持ちなせえ」

と、次郎吉は大きな声で言った。「あんたは、どこの誰かね」

喘《あえ》ぐように息をしながら立っているのは、四十がらみの侍だった。手にした刀が落ちたのにも気付かない様子だった。

「上意だ」

と、かすれた声を出す。

「上意？　宮野さんは浪人だ。上意も何もありゃしないだろ？」

「噂が殿のお耳に入り、そんな卑怯者がわが藩より出たとあっては恥だ、とおっしゃって……」

「大きなお世話ですぜ、人のことなど」

次郎吉は、宮野を抱き起こして、「しっかりしなせえ。大した傷じゃない」

小袖がやって来ると、

「兄さん。――鈴江さんが」

鈴江が、次郎吉たちを追って来たのだろう、川原へ下りて来ると、砂利を飛ばしながら駆けつけて来た。

「あなた！」

「鈴江……。死なせてくれ」

「そんな……。私と武也はどうなるの？」

鈴江は夫の手をしっかり握った。

「いや……。どうせ、あのとき礼三郎に討たれていたのだ。――いずれこうなった」

「いいえ！」

と、鈴江は激しく首を振って、「助けて見せます！　あなたの命を守って見せます」

「鈴江……。あの矢は……お前だな」

と、宮野は言った。「お前は……武道にも腕を上げていた……」

「いけませんか？　私は――あの数日前に礼三郎とバッタリ会ったのです」

と、鈴江は言った。「礼三郎は、私たちの住む長屋も捜し当てていました。私は何とか思い止《とど》まらせようと説得しましたが、礼三郎はどうしても聞かず、『邪魔をすれば姉上も斬る』と言ったのです」

鈴江は膝に夫の頭を乗せて、

「何といっても、礼三郎の方が若い。夫が斬られるかもしれない、と思うと……。私は秘かに古道具屋で弓と矢を求め、人気のない森で久々に弓を引きました。そして、二人の果し合いを神社の通路から見ていたのです……」

「俺を卑怯者にしてくれるな……。このまま死ねば、何とか武士の名誉が守られる……」

「あなた……。あなたには、討たれるような罪はないのです。ただ、私と夫婦になっただけではありませんか！」

小袖が、

「ともかく千草さんの所へ運びましょう」

と言った。「弱っていても、出血はそれほどありません」

次郎吉は、青ざめて立っている侍へ、

「殿様にゃ、斬ったとご報告なさい」

と言った。「この人の命まで奪うことはないでしょう」

「分った……。宮野、許せ」

侍は刀を納めると、足早に立ち去った。

「父上！」

と、甲高い声が聞こえた。

「武也」

懸命に駆けてくると、武也は母親の背にしがみついて
「父上は死ぬの？」

と、泣いた。

「宮野さん」

と、次郎吉が言った。「何としても生きなくちゃ。あんたはもう、侍である前に、この子の父親なんですぜ」

「次郎吉殿……」

「お侍の世界は知らぬこと、俺たち貧乏人は、まず生きなきゃならねえ。いいですかい」

と、小袖の方を見て、「宮野さんを支えるんだ。急いで運ぶぞ！」

夜明け前、うたた寝していた次郎吉は、人の気配で目覚めた。

「——千草さん」

「お疲れでしょ」

と、千草が傍へ来て、「あの方は、峠を越えました」

「じゃあ……」

「今、眠っておいでです。助かるでしょう」

「そうですか……。良かった」

次郎吉は息をついて、「いや、千草さんが懸命に人の命を救おうとしてるときに、居眠りなんぞして申し訳ねえ」

千草は微笑んで、

「もう安心して、おやすみになって」

と言った。

「いや……。今、フッと夢を見ていてね」

「どんな夢を?」

次郎吉は少し照れたように、

「笑っちゃいけねえぜ。——俺と小袖と千草さんで、どこぞの広間に集まっている。そこで……酒をくみ交わしてて ね……」

「そんなことぐらい、夢ってほどじゃないでしょ」

と、千草は笑った。

「まあ……ね」

次郎吉は、どうしても言えなかった。

夢の中で、自分と千草が祝言を挙げていたとは……。

「千草先生!」

お国の威勢のいい声が、次郎吉の夢を破るように響いた。

鼠、狸囃子に踊る

夜の幻

「一人のお使いは楽しい！」

と、土手の道を歩きながら、歌でも歌うように言ったのは、女医仙田《せんだ》千草の下で働いているお国である。

「お国ちゃん、悪いけどね——」

と、患者に手一杯の千草に言われて、お薬を届けに出かけた。

相手は大店《おおだな》の主人で、腸の病に悩んでいるのを、千草が診ているのだった。

しかし、「届けてほしい」と言ってきたのは、いつものお店ではなく、いささか寂しい土手沿いの別宅で、お国は辺りがすっかり暗くなる中、やっと探し当てたのだが、

「やあ、ご苦労さん」

と、出て来た主人は酒のにおいをプンプンさせ、奥からは、

「早く戻ってらっしゃいよ……」

と、鼻にかかった甘え声、というわけで。

帰り道、夜の土手は人っ子一人通るでもなく、お国は、いささか自分への景気づけ

に歌でも歌いたい気分だったのである。

度胸のいいお国とて、別に夜道を一人でも怖いことはないが、やはり少々心細い。

ついつい足の速まるのは仕方なかった。

「——え？」

その足取りが急に緩んだのは、ふと耳に入って来た何か……笛太鼓のような響きで。

「まさか……こんなに夜遅く、お祭ってわけじゃないよね」

と呟《つぶや》いた。

それは確かに、聞けば聞くほど祭り囃子《ばやし》のようだった。

先へ進むと、その音は段々近付いて来る。

そして、人気のないこの辺り、少し先に大分明るくなった場所があるようだった。

そして、そのお囃子もまた、その明るい方から聞こえてくるようだった。

「でも……どうしてこんな所で？」

土手の道からそれて、お国はついフラフラと、そのお囃子に引き寄せられるように歩いて行った。

林の奥に白い光が見えた。

お国は恐る恐る、木立の間を抜けて、不意に広く開けた場所に出る。

そこには、真中にやぐらが組まれていた。

そして間違いなく、お囃子はそこから聞こえていた。

しかし——そこには人っ子一人いない。

それでいて、お囃子はさらに大きく林の中に響き渡っているのだ。

「こんな……ことって……」

お国もさすがに怖くなって、踵《きびす》を返すと一目散に逃げ出した。

お囃子は、いつまでもお国を追いかけてきた……。


「そりゃ、番町《ばんちょう》の七不思議の一つ、『狸囃子』だぜ」

と言ったのは、自称〈甘酒屋〉の次郎吉である。

「何ですか、それ？」

と、お国は首をかしげている。

「狸さ、狸」

と、次郎吉は言って、「その辺りに狸が出て、人を惑わすってんだ。お前が聞いたのも、きっと狸囃子さ」

「狸……」

と、お国は釈然としない様子で、「でも、私なんか騙《だま》してどうしようってんでしょう？」

「さあな。狸の考えていることは分らねえ」

と、次郎吉は笑って言った。

「もう！　ちゃんと真面目に聞いて下さいよ！」

と、お国が次郎吉をにらんだ。

「ごめんよ」

なじみのそば屋の戸が開いて、入って来たのは目明しの定吉で、「おい〈甘酒屋〉さん。やっぱりここだったか」

「やあ、どうしたね？」

「いや、もう腹が減ってな。――親父、熱いのを一杯頼むぜ」

「ひとつやるかい？」

「いや、酒はちょっと……。ま、一口ぐらいはいいか」

定吉は一口あおって、「――旨《うま》い！　しみるぜ」

と、ため息をついた。

「何かあったのかい」

「それが殺しらしくてな」

「へえ。何か俺で役に立つ話か？」

「察しがいいな、〈甘酒屋〉さんは」

定吉は自分でもう一杯酒を注いで、「殺されたのは、伝助《でんすけ》なんだ」

「伝助？　もしかして芝居小屋の――」

「うん、お囃子方の伝助だ」

お囃子、という言葉に、次郎吉とお国がちょっと顔を見合せる。

〈甘酒屋〉さんは、伝助をよく知ってるだろ？　ちょいと手を貸しちゃくれねえか」

「まあ、やらねえもんでもねえが……。伝助とは、そう親しかったわけじゃねえ。あいつは妙に人嫌いで、ごひいきの座敷にも、めったに顔を出さなかった」

「そうらしいな。――な、伝助に女はいなかったかね？」

「さて……。俺も特別詳しかったとは言えねえが……」

と、次郎吉が首をかしげた。

すると、戸がガラッと開いて、

「兄さん、ここじゃないかと思った」

「道場の帰りか」

次郎吉の妹、小袖は小太刀を使わせたら今の道場主もかなわない腕前だ。

「定吉さん、おいしそうね」

と、小袖は熱いそばをすすっている目明しへ声をかけ、「親父さん、私も同じの」

と、腰をかけた。

「お前、聞いたか、お囃子方の伝助が殺されたんだ」

「まあ……。伝助さんが？」

「何か知ってるか」

「さあ……。でも、このところ、うちの道場に通って来ていたの」

「伝助が？」

「ええ。結構熱心だったわよ」

「お囃子方が剣術を学んだのか。何かわけを言ってたか？」

「私も訊《き》いたの。何だか伝助さん、かなり思い詰めてる風だった……」

「やっぱり女のことで？」

と、定吉が訊く。

「女で思い詰めて、剣術を習うか？」

と、次郎吉は言った。

「わけははっきり言わなかった」

と、小袖は言った。「ただ、人に狙われてるって様子だったわよ」

「へえ。しかし、囃子方がどういうわけで？」

「まあ、定吉さん、囃子方だって人の子さ。本業と係《かかわ》りのねえことで、人の恨みを買うぐらいのこたあるだろう」

「そうね。真剣だったわよ」

と、小袖は思い出したように、「この間は抱えてた荷物に、脇差が覗《のぞ》いてたわ」

「そいつあ、何か身の危険を感じるようなことがあったってことだな」

次郎吉はそう言って、「定吉さん、さっき、『殺しらしい』と言ったね。それに女はいたか、とも。――伝助はどんな風に死んでたんだね？」

「それが……。ちょいと来てみてくれ」

と、定吉は言った……。


「どうも……。とんだご心配をかけまして」

沈痛な面持ちで詫《わ》びているのは、伝助の師匠に当る矢七《やしち》だ。

「いえ、まあ……。とんでもねえことでしたね」

と、次郎吉は言った。

芝居の囃子方では指折りの腕前と言われる矢七は、そろそろ五十になろうかという、厳しい顔立ちの男だ。

「こちらにもご迷惑で……」

と、矢七は、いつも弟子を叱り飛ばしている勢いは全くない。

役者もひいきにしている料理屋の離れ座敷は、今、血に染っていた。

「――じゃ、仏様を運び出しますぜ」

と、手伝いの者が言うと、

「ちょっとお待ち下さい」

と、女の声がした。

「千草さん」

と、小袖が目をみはって、「いつここへ？」

「今しがた」

と、女医の千草は言った。「お国ちゃんに聞いて」

千草は、座敷の中を覗いて、

「診せていただいても？」

と、定吉に訊いた。

「へえ、どうぞ」

これまでも、千草と父の仙田良安《りようあん》は、死体の検分を頼まれたことがある。

「小袖さん。刀傷ですか」

「ええ。多分お侍でしょうね。脇差のような短い刀では、重くないので、そういう傷にはならないと思います」

と、小袖は言った。

「妙なことだ」

と、矢七が首をかしげて、「伝助がお武家さまに恨まれるとは……」

「師匠に思い当ることがないんじゃ、仕方ねえな」

と、定吉がため息をつく。

「でも、ここに一人でいたわけじゃないんでしょう」

と、小袖が言った。「誰かと会っていたはずよ」

「その辺は店の者に訊いたがね」

と、定吉は言った。「伝助さんは誰かを待ってるようだったってことだが、その誰かを見た者はいねえ。人目を忍んで入って来ることも、できねえことはねえ」

「伝助さんにゃ、家族はなかったんですかい？」

と、次郎吉が言うと、

「身寄りのない男でな」

と、矢七が言った。「だから、うちに置いていたのだが」

「じゃ、内弟子だったわけで？」

「去年までは。今年から一人住いをしていた。もう若い弟子もおり、いつまでも内弟子というわけにもいかないので」

「なるほど……。時に、矢七さん」

と、次郎吉は言った。「こんな時に、気を悪くされると困るんですが」

「何でしょう？」

「そこにいるお国が、ゆうべ人気のねえ所でお囃子を聞いたってんですがね。狸の方にお知り合いはござんせんか」

流行りもの

ところが——その数日後には、お国の聞いた狸囃子が江戸中の評判になっていたのである。

初めは、お国の話を小耳に挟んだ瓦版《かわらばん》が、早速記事にしたのだが、その晩も、翌晩も、そこを通りかかった男がお囃子を聞いたとかで……。

「とんだ人気者」

と、お国はふてくされている。「私が言ってもいないことまで……」

お国が瓦版を投げ出した。

「まあ、そう怒るな」

と、次郎吉は笑って、「瓦版も商売だ。多少のことは大目に見てやれ」

「それにしたって……」

「でも、多少は大げさに書いてるったって、全部でたらめってわけでもないでしょ」

と、小袖が瓦版を拾い上げる。

お国と三人、茶店の床机に腰をおろして団子を頬ばっている。

「毎晩、お囃子が聞こえてくるってことは本当なんだろうな」

「妙よね。狸だって、そう毎晩出る？」

と、お国は言った。

「あら」

と、小袖が急ぎ足の女性に目をとめて、「あの方、確か……」

「ああ。あの師匠の矢七のお内儀だろ」

「そうね、きっと――」

と、小袖が肯《うなず》いて、「文《あや》さんっていったかしら」

「ずいぶん急いでいなすったな」

と、次郎吉は言った。

文は矢七に比べるとずいぶん若い。二十五で矢七に嫁ぎ、今は二十八、九だろう。

目立つというわけではなく、おとなしそうな女性である。

「内弟子、一人暮し、か……」

「兄さん、何をブツブツ言ってるの」

「いや、大したことじゃねえ」

と、次郎吉は言った。

「お待たせして」

と、千草がやって来た。「あら、お団子？　私もいただこうかしら」

千草も加わって、話はやはり狸囃子のことになる。

「何でも、夜になるとあの辺は人が沢山出てるんですって」

と、千草がお茶を飲みながら、「江戸っ子は物見高いのね」

「狸囃子を聞きに？　本当に聞こえるの？」

と、小袖が目を見開いて、「それなら私も行こうかな」

「物好きな奴だ」

と、次郎吉が肩をすくめる。

「あら、兄さんは行かないの？」

次郎吉はちょっと考えて、

「――別に狸囃子はどうでもいい。しかし、妹一人をやるのは心配だ。ついて行かねえとな」

「何よ。やっぱり行くんじゃないの」

「もしかして、伝助の一件とも係りがあるかもしれねえからな」

「それって本気で？」

「もちろんだ。いや、本当に聞こえてくるのなら、そいつは狸じゃなくて人間が出してる音だろうってことさ」

「じゃ、何か目的があってのことだと？」

「そんな気がする。ともかく聞いてみよう。お国、お前も行くか」

「もちろん！　あ、千草先生のお許しがあれば……」

と、千草の方をうかがう。

「許しません」

と、千草が言った。「私と一緒でなければ許しません」

小袖が笑って、

「千草さん、だんだん兄さんに似てこない？」

「よせ！　失礼だぞ」

と、次郎吉はなぜかあわてて言った……。

「何だ、この騒ぎは」

次郎吉は呆《あき》れ顔で、「おい、お国。お前がお囃子を聞いたのはこの辺か？」

「だと思いますけど……」

お国は自信なげに、「こんなに様子が違ってちゃ……」

「まあな……」

お国が一人で辿《たど》った土手の道に、今はおそらく数百という人出。もちろん、暗いかみんな提灯《ちょうちん》を持っているので、辺りは明るくなっていた。

「やれやれ……」

次郎吉は首を振って、「物好きな奴が、こんなにいるのか」

「私たちだって同じでしょ。人のこと言えないわよ」

と、小袖が兄をつつく。

「うん……」

次郎吉も言い返せない。

「大したものね」

と、千草が笑って、「見て、屋台まで出てる」

見物人を当てこんで、そばの屋台がいくつか並んでいたのだ。

「商売っ気は大したもんだ」

次郎吉は苦笑して、「さて、どこで待つかな」

「待つ、って兄さん、この人ごみで、狸囃子が聞こえるとでも？」

「さあな」

と、次郎吉はとぼけて、「そいつは狸の気分次第だろうぜ」

「いい加減なこと言って」

と、小袖は言ったが――。「兄さん、聞こえる？」

「うん？」

「太鼓の音、じゃない？」

「――本当だわ」

と、千草が言った。「聞こえてくる」

「そうですか？」

お国は首をかしげていたが、「――あ、本当だ！」

集まった人々の話し声が、たちまち消えていった。

「おい！　聞こえるぞ！」

「本当だ！」

と、二、三の声が上ったが、すぐにそれも止んで、人々は身動きせずに、じっと耳を澄ました。

確かに、少し遠い感じだったが、笛太鼓のお祭のお囃子が聞こえてきたのだ。

そしてそれはしばらく続いた。

やがて太鼓のひと打ちでお囃子がぴたりと止むと、ごく自然に人々の間から拍手が起ったのである……。

「凄《すご》かったなあ！」

と、お国が嬉《うれ》しそうに、「私の空耳じゃなかったんだ！」

ゾロゾロと市中へ帰る人々が続く。

「――次郎吉さん」

と、千草が言った。「何を考えてるの？」

「多分千草さんと同じことさ」

「そうね。――あれは狸じゃなくて、人がどこかに隠れて太鼓を叩《たた》き、笛を吹いていた、ってことね」

「わざわざ人が集まるのを承知でやってたってことは、何か目的あってのことだろうな」

小袖が、

「あら、矢七さんじゃ……」

と、足を止める。

「どこだ？」

「ほら、あそこ――」

矢七が、人々の目を避けるように、顔を伏せ気味にして人の間を縫って行く。

「あれは——誰かを追ってるんじゃねえか」

次郎吉はそう言って、「小袖、みんなと戻ってろ。俺は矢七さんを尾《つ》けてみる」

「兄さん——」

「お前は千草さんを無事に送り届けろ」

「分ったわ」

次郎吉の姿は、たちまち夜の中へ紛れていった。

疑い

戸を叩く、かすかな音がして、やがて暗がりの中に人影が動き、戸のそばへ寄ると、

「文殿か」

「さようでございます」

と、外から押し殺した返事。

「少し待て」

戸が少しガタつきながら開くと、矢七の妻、文が中へ素早く入って、戸を自ら閉めた。

「文殿。ひどく息が乱れているな。どうかしたか」

「誰かに――尾けられている気がして」

と、文は胸に手を当てて、「でも、道が暗いのを幸い、何とか振り切って参りました」

「それは良かった。――さ、上ってくれ」

奥の座敷にだけ、明りがあった。

「須藤《すどう》様」

と、文は言った。「お聞きになりましたか」

「伝助のことか。――聞いた。まさか、とは思うが……」

須藤兵衛《ひょうえ》は三十代半ばの武士である。――考え込んで、しばし黙っていたが、

「――文殿。矢七殿は何かお気付きの様子か」

と訊いた。

「分りません」

と、文は首を振って、「元々、思っていることを顔に出さない人です。必要なこと以外は口をききませんし」

「さようか……」

「ですが、伝助が斬られる理由が思い当りません」

「確かに……。もしそうなら、気の毒なことをした」

「私のために……。私が殺したようなものです」

と、文は声を絞り出すように言った。

「いや、そうと限ったわけではない」

と、須藤が慰めるように言ったが、

「でも、他に考えようが……」

「うむ……。しかし、それは我ら二人の罪。辛《つら》さを分け合っていきましょう」

「須藤様……」

須藤の手が文を引き寄せると、文も拒むことなく相手の胸の中に崩れるように身を任せていった……。


「文さんが？」

と、小袖が訊く。

「うん。――おそらく相手はどこかのお侍だろう」

「まあ……」

小袖は兄に茶をいれて、「まさか、伝助さんはそのせいで……」

「文さんは、ずっと年上の矢七さんとの暮しに、何かと不満もあったろう。そこへ、伝助が一人住いを始めた。矢七さんとしちゃ、二人の仲を疑っても無理はねえ」

「じゃ、誤解したあげく、ってこと？　伝助さんが可哀そうじゃないの」

「全くだ。しかし、それだけじゃ、伝助がお侍に斬られたらしい、ってことは説明できねえ」

「あの刀傷ね」

「伝助が剣術を習ったり、脇差を持ってたりってのは、何か他に狙われる心当りがあったからじゃねえかな」

「他にどんな？」

「さあ……。たとえば狸囃子とか」

小袖は首をかしげて、

「それって、どういうこと？」

と言った……。


「お疲れさま」

と、声がかかると、矢七はただ小さく肯いて見せただけで、そのまま芝居小屋を出た。

客が出る表の出口とは違って、囃子方は裏口からだ。

弟子の連中は先に引き上げ、矢七は一人だった。夜道はもちろん暗い。

足音に振り向くと、

「どなたさんで？」

と、声をかける。

頭巾《ずきん》をかぶった女が立っている。

「あなたは……」

「お忘れですか」

「その声……」

矢七は提灯を上げた。女が頭巾をとる。

「矢七さん。私です」

「これは……。須藤様の奥様」

と、矢七は小さく頭を下げた。

「他人行儀な言い方を。――何もなかったことにしろとおっしゃるのですか」

「照乃《てるの》さま。――あれは一時の気の迷い。そう話を決めたではございませんか」

と、矢七は言った。「風間《かざま》藩の要職においでの須藤様の奥様が、万一不義密通で捕えられでもしたら――」

「その覚悟もなく、抱かれはしません」

と、照乃は言い返した。「あなたは忘れても、私の肌が憶《おぼ》えている」

「ご勘弁下さい。私はもう若くございません。恋に命をかけるには年齢をとり過ぎてしまいました」

「逃げるのですか」

「いえ、そのような……」

照乃は燃え立つような目で矢七を見つめると、

「知っていますよ。伝助を殺したのが誰なのか」

「奥様……」

「あなたの妻は弟子と密通していた。——世の男と女は、どうしてこんなことになるのでしょうね」

矢七は少し後ずさって、

「ごめん下さいまし」

と、ひと言、夜道を駆け出して行ってしまった。

照乃は二、三歩引きずられるように、走り出しかけたが、足を止め、

「諦《あきら》めませぬぞ」

と、震える声で言った。「決して逃がさぬ」

照乃の姿が闇の中へ消えると、次郎吉は暗がりの奥から出て、

「どうもややこしい話だな……」

と呟いた。

「どういうことなの？」

と、小袖は首をかしげて、「矢七さんは須藤とかってお侍の奥方と密通していた。伝助さんは矢七さんの女房と？　でも、文さんはどこぞのお侍と会ってたんでしょ？」

「うん……。どうも、鍵《かぎ》は風間藩にありそうだな」

「その須藤ってお侍のいる……」

「そうだ。——一度、風間藩の屋敷に忍び込んでみるか」

と、次郎吉は言った。「おい、何か食うもんはないのか？」

「あら、何か食べてきたのかと思った」

「そんなこと、言わなかったろ」

「うーん。今はお漬物くらいしかないけど。——何か買ってくる？」

「おい……。いいよ、飯さえありゃ」

と、次郎吉は諦めて言った。

風間藩の上屋敷に、次郎吉は静かに立っていた。

人の気配があまりしない。

渡り廊下から屋敷の中へ入って行くと、どこからともなく、笛の音が聞こえてきた。

お囃子というより、どこか哀しげな印象を受ける。

ともかく、奥へと入ってみた。

うっすら明りの灯《とも》った部屋がある。笛の音はそこから聞こえているようだった。

次郎吉は静かに廊下を進んで行ったが……。

ふと、笛の音が止んだ。

そして明りの灯った部屋の障子越しに、

「誰かいる」

という女の声がした。

「――何とおっしゃいました？」

と、もう一人女の声。

「廊下に誰かいる」

次郎吉は、とっさに一つ手前の障子を開けて中へ滑り込むと、障子を閉めて息を殺した。

隣の障子が開いて、

「――誰もおりませんよ」

と、声がした。

「そう？　おかしいわね」

と言ったのは、少女の声のようだ。

「初音《はつね》様、気のせいですよ」

「そうかしら……」

「でも、もう遅うございますよ。おやすみにならなくては」

「ああ……。そんな時刻？　千代《ちよ》、もうさがっていいわ」

「そうは参りません。初音様がお床へ入られるのを見届けませんと」

初音と呼ばれた娘は、ちょっと笑って、

「千代は律儀だわね。いいわ。もうやすみます。仕度をしておくれ」

「もう隣に床はのべてございます」

「ええ、さっき分ったわ。じゃ、寝衣を」

しばし、衣《きぬ》ずれの音が聞こえていたが、やがて、

「では、初音様。おやすみなさいませ」

「おやすみ」

明りが消えた。――廊下を、千代という女が遠ざかって行く。

大方、初音はこの屋敷の姫君か。千代はそのお付きの女中だろう。

次郎吉は、隣室との間の襖《ふすま》に近寄って、じっと気配をうかがっていた。

初音という娘は、隣の、もう一つ向うの部屋で寝ているはずだ。――次郎吉は、このまま引き上げても良かったのだが、さっきの笛の音が気にかかっていた。

そっと襖を開けると、灯も消えて真暗である。見当をつけて、部屋の中へ入ると、かすかに消えたローソクの匂いがする。

そのとき、

「襖の向うの方」

と、初音の声が聞こえた。「どちらさまですか？」

次郎吉はその境の襖のそばへ寄ると、

「どうぞそのまま。――〈鼠〉ってケチな泥棒でさ」

「まあ。〈鼠〉とは……。こんな所へ」

と、布団へ起き上った様子で、「ご心配には及びません」

「しかし――」

「私は目が見えないのです」

と、初音は言った。

なるほど。それで気配を察していたのか。

「残念だわ。有名な〈鼠〉様がいらしてるのに、お顔を拝見できないなんて」

「ご心配なく。すぐに引き上げます」

「ここには千両箱は置いてませんよ」

「承知しております」

と、次郎吉は言った。「さっきの笛の音にひかれまして」

「まあ、そんなことを言って下さったのは、鼠様が初めてです」

と、襖越しの声だったが、「あの――襖を開けていただいてもよろしいですか？」

「え？」

「むろん、お顔は見えないのですが、せめてお声をじかに聞かせていただきたくて」

「分りました」

次郎吉が静かに襖を開けると、行灯《あんどん》が一つ灯っていて、布団に起き上って正座している若い娘の姿が浮かび上った。

「初音でございます」

と、ていねいに挨拶《あいさつ》までして、「噂に高い方にお会いできて光栄です」

「こちらの姫様で？」
十六、七だろうか。少しやせて青白いが、上品な面立ちである。
「はい。藩主の娘です」

「そうですか。——しかし、おやすみの所に、警護の侍の一人もおられないんですか」

妙にその娘のことが気になった。初音は次郎吉の問いには答えず、

「私がどんなに嬉しく、胸ときめかせているか、お分りにならないでしょう」

と言った。「私は、こんな風なので、めったに外へも出してもらえません。ただ、目が見えない分、耳がいいものですから、屋敷の外を通る物売りの声、風鈴の音、それに大好きなのは、お囃子の響きです」

「お囃子ですか」

「夏には、そのお囃子に合わせて、みんなが踊るのだそうですね。どんなに楽しいでしょう！」

「祭りの夜ですね」

「私はここに生まれ、二歳で視力を失ってから、ずっとこの中だけで育ちました。外へ出るのは、ご先祖様の法要などのときだけで、それも駕籠《かご》に乗って、お寺へ行き、帰るだけです。駕籠の外で聞こえる、人のざわめきに、私はじっと耳を澄ましていますが、チラと覗くことさえ、叶《かな》いません」

と、初音は言って、次郎吉の方へ膝《ひざ》を進めた。「今、世間で評判の鼠様に、こんなに間近にお会いできるなんて……。夢のようです」

気の毒に、と次郎吉は思った。むろん、食べるものに不自由することはないだろうが、塀の外の世界は、遠い異国も同然なのだ。

「お願いがございます」

「何ですね？」

「お顔を見せて下さい」

「しかし……」

初音が両手の白い指を伸してきた。「――分りました」

次郎吉は頭巾を取って、初音の細く白い指が顔に触れるに任せた。指先はそっと次郎吉の顔をなぞっていった。

「やさしいお顔だわ」

と、初音が言った。「ありがとうございました」

「こっちもひとつ訊いていいですかね」

「何でしょう」

次郎吉は、例の「狸囃子」のことを話して、

「何かお心当りは……」

と言った。

「まあ、お囃子が？　――それに須藤が何か係っているのですか」

「ご存知《ぞんじ》で」

「はい、もちろん。須藤は私のことを父上から任されているのです」

「そうでしたか……」

次郎吉はちょっと周囲へ目をやって、「長居するのは禁物でしてね。これで失礼いたします」

「ありがとうございました」と、初音は再びていねいに頭を下げると、「これで思い残すことはございません」

「何だか、年寄りのようなことをおっしゃいますね」

「実は——父上の具合が悪く、世継ぎがいないものですから、今、藩の中は荒れているのです。お恥ずかしい話ですが」

「それとあなたに何か係りが？」

「私が婿養子を迎えては、という話があり、その話は流れたのですが。でも、私がいる限り、いつまたそういう話が持ち上らないとも限らないというので……」

小さな願い

「じゃ、なに？　その初音ってお姫様、殺されるのを待ってるの？」

と、小袖が呆れて、「ご家来が守ってくれないの？」

「確かに、誰もそばにゃいない。まあ、屋敷へ忍び込みさえすりゃ、目の見えねえ姫様を斬るなんぞ、簡単だろう」

「でも……その須藤ってお侍は？」

――次郎吉と小袖はそば屋の座敷で話していた。

「まあ、一応その初音さんって人の味方と言っているようだが、どうだかな」

と、次郎吉はそばをすすった。

「そんなお姫様なんて、別に何の害にもならないでしょうに」

「しかし、今の殿様が亡くなりゃ、甥《おい》が後を継ぐらしい。家老がその話を進めてるらしいが、あの初音さんが生きてちゃ、いずれ別の誰かを君主に、と言い出す奴が出てくるかもしれねえってことのようだ」

「ひどい話ね。戦国時代じゃあるまいし」

と、小袖は首を振って、「で、結局、あの狸囃子のことは分らずじまい、ってことなのね？」

「まあな。しかし――もしかすると、あの初音ってお姫様とつながってるかもしれないぜ」

「どういうこと？」

と、小袖は言って、「兄さん、まさか変なことを引き受けてきたんじゃないでしょうね」

と、次郎吉をにらんだ。


「須藤」

と、初音は言った。「さっきから聞こえている太鼓は何ですか?」

「姫。——さすがお耳が鋭いですな」

と、須藤は言った。「あれは芝居小屋の客入れの太鼓でございます。風の具合で聞こえてくるのでしょう。私にはほとんど聞き取れませんが」

「芝居小屋……。さぞかし、にぎやかで華やかなのでしょうね……」

初音は見えぬ目を遠くへ向けた。

「——姫」

「何です?」

「このところ、江戸市中で、狸囃子が評判になっております」

「狸囃子?」

「はい」

須藤は、ふしぎなお囃子が聞こえてくることを話して、「ここ二、三日は、物見高い者たちがくり出して、踊っているそうでございます」

「まあ、それは……。そんなことが好きにできる者たちは羨《うらやま》しい」

「お察し申します」

須藤は、ふと思い付いたように、「姫、いかがです。今宵《こよい》、その様子を見物に参りませんか」

「私が？」

初音が驚いて、「そんなことが――」

「その身なりではいけません。千代の着物を借りて行かれるのです。私が姫のおそばについて無事、お戻りいただきます」

初音が頰を赤く染めて、

「行きたい！　行ってみたい！　須藤、もしお咎《とが》めあらば、私が命に代えてお赦《ゆる》しいただきます」

「なに、今は殿のご容態にみんなが気を取られております。ご心配には及びません。

――千代！」

と、須藤は呼んだ。

「人が追い越して行くわね」

と、初音は言った。

「江戸っ子はせっかちなのですよ」

初音の手を引いている千代が言った。「姫様、足下にご用心下さいませ」

「千代、『姫様』はよして」

「はい。——須藤様、もう少しゆっくり歩かれて下さい」

と、千代は先を行く須藤に声をかけた。

「や、これは申し訳ない。つい足がせいて。拙者も江戸っ子なのかな」

「聞こえる！　あの囃子ですね」

初音の声が弾んだ。

「もうじきでございます」

と、須藤は言った。

「明るくなっておりますね、奥の方が」

千代は、木立の間をそろそろと初音の手を引いて行った。

「——まあ！」

その光景が目に入ると、千代は声を上げた。

「千代、どうしたの？」

「本当に狸囃子ですよ！　やぐらには誰もおりませんのに、お囃子が……」

「呆れたもんだ」

と、次郎吉は、無人のやぐらを囲んで踊っている人々を眺めて、「江戸っ子は、少々のことにゃびっくりしねえんだな」

「狸囃子なら、狸に任せて、自分たちは踊って楽しもうってことね。愉快だわ」

と、小袖が笑った。

「見ろ」

「え？」

「あれが初音さんだ」

踊りの輪の邪魔にならないようにか、少し木立の中へ入った辺り、女中の着物姿になった初音が、千代と須藤と一緒に立っている。

やぐらの周りにたかれたかがり火で、初音の青白い顔がすこし赤く染って浮かび上っていた。

「兄さん――」

「うん。分ってる」

少し離れた林の中に、駕籠が停った。周囲を四人の侍が固めている。

千代がそっと初音のそばを離れた。

須藤は駕籠の方を振り向くと、ゆっくりと初音の後ろへ回った。

お囃子の音にじっと聞き入っている初音は、嬉《うれ》しそうに笑みを浮かべていた。

須藤は鯉口を切ると、そっと刀を抜いた。刃が白く光る。

須藤の額に汗が光っていた。

須藤の両手がしっかりと刀を握りしめると——。

「須藤」

と、初音が背を向けたまま、言った。「一太刀で、苦しくないように斬っておくれ」

須藤が凍りついた。——初音はじっと目を閉じて、お囃子に聞き入っている。

振り上げた刀は、震えて支えていられなかった。——須藤は二、三歩後ずさって、

「できません！」

と、叫ぶように言うと、その場に膝をつき、刀は地面に落ちた。

駕籠の周囲にいた侍たちの内の二人が、刀を抜いて須藤たちの方へと大股《おおまた》に歩み寄る。振り上げた刀が、バシッと音をたてて折れた。

「誰だ！」

小袖の小太刀が侍の太腿《ふともも》を斬りつけ、侍は呻《うめ》いて倒れた。もう一人は、次郎吉の匕首《あいくち》に腕を斬られて、刀を取り落とした。

「何者だ！」

残る二人の侍が刀を抜こうとしたとき、

「待て！」

バラバラと十人ほどの侍が林の中を駆けてきた。

たちまち、駕籠と、付き添った侍たちを取り囲む。

「姫様」

と、一人が初音のそばへ膝をつき、「殿が亡くなられました」

「──父上が。そうですか」

「屋敷へお戻りを」

「分りました」

と、初音は肯くと、「ここにいる方々の邪魔をしてはなりませんよ」

「かしこまりました。──駕籠にお乗り下さい」

駕籠から降りてきたのは苦り切った表情の家老らしい侍。

「家老の駕籠を借りて行きますよ」

と、初音は言って、駕籠に乗り込んだが──。その直前、初音は、木立の間に隠れた次郎吉と小袖へ、小さく頭を下げた。

地べたに座り込んでいた須藤は、目の前に立った女を見上げて、

「お前か……」

「悪い夢を見たと思いなさいませ」

と、照乃は言った。「私も、考えのないことをしていました」

「矢七のことか」

「あなたが文殿に夢中になっている間、寂しかったのです」

「すまぬ」

須藤はよろけながら立ち上ると、「お前が知らせたのか」

「初音様に呼ばれて。——こんなことがご公儀へ知れたら大変ですよ」

「そうだな……」

須藤は肯いて、「私はただ、姫にいっときの夢を見ていただきたかった。そして、その夢の中におられる姫を斬るつもりだった……」

「あなたには無理ですよ」

と、照乃は首を振って、「あなたは姫様を大好きでしたからね」

「うむ……」

須藤は、無人のやぐらを振り返って、「狸囃子も今宵限りだ」

と言った。

「じゃ、あの須藤って侍が矢七さんに頼んで？」

「林の中に小屋を建てて、そこでお囃子をやらせた。——家老に、初音さんを斬るように言われて、せめて小さな願いを叶えさせてあげたかったそうだ」

「じゃ伝助さんは——」

「何のために、そんなことをやるのか、怪しんで風間藩に乗り込んで調べたらしい。家老の手の者に狙われたんだな」

次郎吉と小袖は、小袖の道場からの帰り、少し暮れかかった通りを歩いていた。

「あのお姫様はどうなるのかしら」

「さあな。——そこまでは俺たちの口を出すことじゃないさ」

次郎吉は伸びをして、「おい……」

「え？」

「何だか——お囃子が聞こえなかったか？」

と、次郎吉は言った。

鼠、狐の恋に会う

船遊び

「まあ、お強いのね、お二人とも」

と、千代《ちよ》は頰を赤く染めて言った。「羨《うらやま》しいわ、私」

「千代さん、まだお若いんですもの」

と、千草は笑って、「今の内からそう強くならなくても」

「でも、つまらない」

と、千代は振袖《ふりそで》の長い袂《たもと》を膝《ひざ》の上に広げて、桜の模様をいじりながら、「男の方たちは、酔って騒いで、あんなに楽しそうなのに、女は笑い声を立てただけで『はしたない！』とか叱られて」

おりしも、一艘《そう》の屋形船が、小袖や千草を乗せた船とすれ違って行き、開けた窓からはにぎやかな唄《うた》や笑い声が聞こえて来た。

「今夜は船遊びをする人が多いのね」

と、小袖が言った。

「こちらも、芸者衆を呼んでにぎやかにやれば良かった」

と、口を尖《とが》らしているのは、江戸でも指折りの大店《おおだな》、〈千石屋《せんごくや》〉の一人娘、千代である。

父親と母親の病を診ている女医、千草を誘って、この夜の船遊びというわけだが、千草が、

「一人ではお伺いしにくいので、ぜひ一人……」

連れを、と言って伴ったのが、〈甘酒屋の次郎吉〉の妹、仲良くしている小袖だったのである。

むろん、船は貸し切りで、払いは千石屋というわけだった。

千代が「お強い」と羨しがっていたのは酒のことで、千代はまだ十八、それでも口にはするがすぐに真赤になってしまう。

「お医者様なんて、すてきねえ」

と、千代はうっとりと、「人助けをして、女だからといって、『勉強などしなくていい！』とも叱られず……。ああ、私もお医者様の家に生まれれば良かった！」

はた目には、何不自由ない「お嬢様」のぜいたくな言い分に聞こえるだろう。しかし、本人はそれなりに悩んでいるのだ。

「お父様と来たら、ふた言めにはお金の話。『この世は金のある者の勝ちだ』って。――そりゃあ、お父様の周りの人たちは、みんなそうかもしれないけれど、現に、こ

うしてお金のためでなく、苦しんでいる人たちを救っている千草さんのような方もおられるんだもの。――ねえ、お貞《さだ》」

と、千代は隅の方に控えて、ただ無言でニコニコしている女中の方へ声をかけた。

「さようでございますね」

と、おっとりと言う。

「お貞ったら、何を言っても『さようでございますね』しか言わないの」

と、千代は口を尖らす。「ね、そうでしょ、お貞」

「さようでございますね」

千代も苦笑いするしかない。

そして――千代はどこからか聞こえて来る三味線の音色に耳を澄ますと、

「まあ、いい手だわね……」

と呟《つぶや》いて、障子を開けて表を見る。

少し小ぶりの屋形船が、川面《かわも》を滑るように近付いて来て、千代たちの船から手の届くほどの近さを通って行く。

あの三味線の音と、つやのある声の語る新内《しんない》が、まるで目に見えるように千代たちの船へ忍び込んで来た。

向うの、半ば開いた障子越しに、一人の男の横顔が見えた。それはほんのわずかの間でしかなかったが、色白で、鼻筋の通った端正な横顔は、くっきりと浮き上がって見えた。

たちまち、その船は視界から消えて行き、千代はフッと一瞬のまどろみから覚めたかのようだったが……。

「——お貞！」

千代は腰を浮かして、「船を——。今の船を追いかけて！」

「何でございます？」

「早く！　今通って行った船を——。あのお方をもう一度この目で見たい！」

「千代さん、落ちついて」

と、千草が言った。「この混みようですよ、急に船が向きを変えたら、他の船とぶつかるわ」

「でも——。それじゃ、あの方にもうお目にかかれなくなってしまう！」

千代はいきなり立ち上ると、ガラリと戸を開け、表に出た。

「危のうございますよ、お嬢様！」

船は左右に大きく揺れた。

「どこ？　今の船は……」

千代は構わず見回したが……。

「恋わずらいだと？」

と、次郎吉は言った。「──そんな風にゃ見えねえがな」

「私のことじゃないの」

と、小袖は言った。「ちゃんと話を聞いてよ」

「何だ、おかしいと思ったぜ」

次郎吉は船宿の二階でゴロリと横になっていた。

「早とちりなんだから」

と、小袖は顔をしかめて、「千石屋の千代さんよ」

「──ああ、あの子か。もう年ごろになったか」

「十八よ。お嫁にいってもおかしくないって、ご両親は気をもんでおいでよ」

「じゃ、そのひと目惚《めぼ》れの相手を見付けりゃいいじゃねえか」

「そうできりゃ苦労はないわよ」

と、小袖は肩をすくめて、「何しろ、船遊びで、すれ違った船の中にチラッと横顔が見えただけで、食事も喉《のど》を通らないほど思い詰めてるってことだから」

「へえ。調べたのか？」

「娘の様子を見かねて、千石屋さんも当らせたそうだけど、どの船かも分らなくちゃ、調べようもないって」

「ふーん」

次郎吉は欠伸《あくび》をして、「しかし……そんなにいい男だっていうなら、どこぞで評判になってそうなもんだがな」

「そこなのよ。役者か何かかと思ってね。兄さん、その方に知り合いがいるでしょ」

「三味線が聞こえたって？」

「新内もね。もちろん、その当人が語ってたわけじゃないでしょうけど」

「船遊びに雇われてのことなら、誰か心当りもあるだろう。――だけど、何でお前がそんなことに首を突っ込んでるんだ？」

「千石屋さんのたっての頼みよ。それと、道場の先生と」

「剣術がどう関ってんだ？」

「道場の床が傷んでてね。張り替えると、何百両か、えらくお金がかかるの。千石屋さんが、もしこの一件、うまく片付けたら、その費用、お出ししましょうと言ってくれてね」

「俺の知ったことじゃないぜ」

「分ってるけど、そこは可愛い妹の頼みなんだから」

「自分でてめえのことを『可愛い』って？　全く……」

次郎吉は渋々起き上ったが、そのとき、

「小袖さん！　いらっしゃる？」

下から、千草の声がした。

「はあい。二階に。——どうなすったの？」

千草が珍しく息を弾ませ、上って来ると、

「小袖さん！　先日の、千代さんのひと目惚れのことで……」

「やれやれ、千草さんまでが、そのいい男に惚れなすったってわけじゃあるまいね」

「次郎吉さん、小袖さんから聞いたんですの？」

「ああ、もちろん。世間に男はいくらでもいるってのに」

「千草さん、何があったの？」

と、小袖が訊《き》く。

「ええ、それが……」

千草は少し息を整えて、「今日、千代さんがお茶のお稽古《けいこ》ってことで、私も気になったんで、茶屋で会ったの」

「恋わずらいとか？」

「食事もできないってほどじゃないけど、ともかく会えばあの男のことばかり」

「千草さんは見てねえんだろ？」

「残念ながら。私も、いい男は嫌いじゃありませんけどね。――それより、千代さんと話しているときに、突然千代さんが表の通りへ目をやって立ち上ると、『あの方だ！』って……」

「その人が通りかかったの？」

「そう言ったの。そして、表へ飛び出して行ってしまったのよ」

と、千草は首を振って、「もちろん追いかけようとしたんだけど、今日はお国ちゃんが父の用事でお使いに出ていて、薬箱を持っていてくれる人がいないので、私が自分で持っていたの。貴重な薬が入っているから、放り出しても行けず、あわてて薬箱を抱えて外へ出たけど、千代さんの姿は人ごみに紛れて、もう捜しようもなくて」

「それは仕方ないわよね」

「でも、千石屋さんに申し訳なくて。あのご両親は、私のことを信用して下さってるの」

「分るけど……」

「どうかしら。小袖さんと次郎吉さんのお力で、千代さんを見付けちゃもらえないでしょうか」

「そりゃあ……。今も兄さんと話してたのよ。ね？」

小袖にジロッと見られると、次郎吉もいやとは言えず、

「ま、千代さんが一人で戻って来りゃ、どうってこたあないわけだ」

と肯いて、「千草さんが困ってなさるのを放っとくわけにゃいかないやね」

「次郎吉さん、恩に着ます」

と、千草に手を合わせられて、

「よしなせえよ。俺はまだ仏にゃなってませんぜ」

と、苦笑いする次郎吉だった。

投げ文

「困った奴だ」

と、千石屋の主《あるじ》、宅兵衛《たくべえ》が腕組みをした。

「千草先生にまで、ご心配をかけて。——もうあいつも子供ではない。どうか、うっちゃっといて下さい」

「そんなわけにいかないじゃありませんか」

と、女房のお縁《えん》がいう。「あの子の身に万一のことでもあったら……」

「うむ……。次郎吉さん、千代を見付け出す手だてはありましょうかね」

「そうですねえ。千代さんも迷子になるって年齢じゃない。その男を追いかけて行ったとしても、見失えば帰っておいでになるでしょう」

「それにしちゃ遅過ぎるわ」

と、小袖が言った。

「うん、確かに俺も心配だ。もしも誰かが——」

と言ったとき、廊下にコトンと何かの落ちる音がした。

「何かしら」

次郎吉がガラリと障子を開けて、廊下を見回すと、石を包んだ手紙らしきものが落ちている。

「投げ文のようだ。——千石屋さん」

次郎吉から受け取った千石屋宅兵衛はいささかこわばった表情で、石をくるんでいた手紙を広げて、

「——何と」

「どうしなさったんで？」

「〈娘の命が惜しければ二千両用意しろ〉と……」

「まあ」

お縁が青くなった。

「拝見しても？」

次郎吉はその投げ文をしわを伸ばして読んだ。

「――しっかりとした字だ。大方、手習いで憶《おぼ》えた字でしょうね」

「でも、二千両、どこへどうしろ、って書いてないわ」

と、小袖が言った。

「ああ。少し時を置いて、その上で細かいことを言って来るだろう」

次郎吉は廊下へ出ると、下りられる庭を眺めて、この石はどこから飛んできたのか……。

「どうしたの？」

と、小袖が訊いた。

「いや、どこからこいつを投げたのかと思ってな」

「そりゃあ――塀の向こうじゃないの？」

「うまく、この廊下へストンと落ちるか？　それに、遠くから投げたのなら落ちた勢いで、もっと転がるだろう」

「じゃあ……」

「今はいい。黙ってろ」

「ええ」

次郎吉は、宅兵衛の方へ戻ると、

「どうしますね、千石屋さん」

「はあ……。いや、むろん千代の命がかかっている。二千両は大金だが、何とか作れない額ではない」

「もちろんよ！　あなた、何としても千代を助けて！」

「そうしがみつくな。私だって心配で死にそうだ」

と、宅兵衛は胸に手を当て、ちょっと顔をしかめた。

「宅兵衛さん、胸がどうかしたんですか」

と、小袖が訊く。「心の臓が……」

宅兵衛は肯《うなず》いて、

「千草先生に診ていただいているのです。心臓がしばしば脈を飛ばすと」

「ご用心なさって下さい」

と、小袖は言った。

「ありがとう……。いや、すみませんでした、次郎吉さん」

「いえ、この先、どうなさるんで？」

「ともかく、また何か言って来るのを待ちます。――もし二千両届けることになったら、そのときは……」

「承知しました。その後は引き受けましょう」

「よろしく。私では、途中で発作を起しそうだ」

と、宅兵衛は深々と息を吐いた。

「お貞」

と、お縁が呼ぶ。

「――お呼びでございますか」

と、お貞がやって来る。

「お二人をお見送りしておくれ」

「かしこまりました。――旦那《だんな》様」

「何だ？」

「お嬢様のことは私の責任です。申し訳ございません」

「いや、お前は他の用で出かけていたのだ。仕方ないよ」

お貞は黙ってうなだれていた。

――店先へ出たところで、

「お貞さん」

と、次郎吉が言った。「旦那はよほど具合が良くないのかい」

「はあ……。千草先生からは、できるだけ安静にと言われておいでですが、ああいうご気性なので、人前ではそんな様子は決してお見せにならず……」

「なるほど」

「どうか、旦那様を助けてあげて下さいまし」

と、お貞は頭を下げた。


「新内ねえ」

と、その芸人は首をかしげていたが、「そりゃ、船遊びに招《よ》んでもらう奴は少なくないよ。しかし、そんないい男がいたかな」

「芸人とは限らねえんだ。客の方かもしれねえ」

と、次郎吉は言った。

「じゃ、ちょっと仲間内に訊いてみましょう」

「すまねえな。よろしく頼む」

「なあに、〈甘酒屋〉さんの頼みだ」

「今度おごるよ」

次郎吉が、芝居小屋の裏口から出ると、

「次郎吉兄さん」

と、声がした。

「お国か」

千草の助手をつとめる少女である。「お使いか？」

「ええ。これから診療所へ帰るんです」

「よし、一緒に行こう」

「千草先生、待ってますよ」

「放っとけ」

二人は、人気のない通りへ入った。

砂利を踏む音に、

「——どなたです？」

と、次郎吉は振り向いた。

その浪人はピタリと足を止めた。

「いや……拙者は何も……」

見るからにみすぼらしいなりの浪人だ。

「俺にご用ですかい」

「そなたが——千代殿のことを捜していると聞いてな」

「千石屋の千代さんですか」

「さよう。もし本当なら、訊きたいことがある」

「あんたはどなたさんで」

「沢井半蔵《さわいはんぞう》という、ご覧の通りの浪人」

大分老け込んで見えるが、まだ若いようだ。

「千代さんのことをご存知《ぞんじ》で？」

「ああ。実は……」

と、ちょっと口ごもって、「拙者、千代殿から金を借りている」

「金を？」

「まあ……みっともない話だが、拙者が丸三日、何も食わずに歩いていて、ついに道で気を失って倒れたとき、通りかかった千代殿が声をかけてくれ……」

「へえ、そんなことが」

「拙者が病かと心配してくれたが、そのとき、腹がグーッと鳴って……」

と、浪人は赤くなり、「千代殿は笑って手持ちの金を貸して下さった」

「さようで。やさしい子ですからね」

「全くな。――拙者、そのときの千代殿の笑顔が忘れられず、寝ても覚めても……」

おやおや、と次郎吉は苦笑した。

「いや、むろん、身のほどはわきまえている！」

と、沢井半蔵はあわてて言った。「先方は名にしおう千石屋の娘ご。拙者、ひそかに思いを寄せているだけでも充分」

どうやら真面目な人間らしい。

「それで、ご用とは？」

「千代殿には隠れ家がある。ご存知か」

「いえ、一向に。どの辺りで？」

「そう遠くない。良ければご案内する」

「お願いしましょう。——お国、お前は先に戻ってろ」

「はい。——千草先生に？」

「伝えておいてくれ。では、参りましょう」

次郎吉は沢井半蔵と一緒に、細いわき道へと入って行った。

林の奥に、小さな池があった。

その向う側に、少し壊れかけた小屋が見える。

次郎吉は足を止めると、

「沢井さん」

と、振り返って、「いくら何でも、千代さんがあんな所に隠れるとは思えませんがね」

沢井半蔵は、別人のようにこわばった表情になって、刀の柄《つか》に手をかけると、

「素直に言うことを聞けばよし、さもなくば斬る！」

と言ったが……。

「声が震えてますぜ」

と、次郎吉は苦笑した。「無理しちゃいけねえ。あんたに俺は斬れませんよ」

沢井は顔をカッと紅潮させて、

「やむを得んのだ！　娘の病を治すために金がいる」

と言うと、ゆっくり刀を抜いた。「悪く思うな」

「悪かあ思いませんがね」

と、次郎吉は言った。「やめといたほうがいいと思いますぜ」

「許せ！」

と、斬りかかった沢井だったが――気が付いたときには刀を叩《たた》き落とされ、しかも沢井の小刀がいつしか次郎吉の手にあって、切っ先が胸もとへ突きつけられていた。

「――そなた、強いのだな」

と、沢井が唖然《あぜん》として、「いや、拙者が弱過ぎるのか……」

その場に座り込んでしまった沢井は、次郎吉を見上げて、

「ひと思いにバッサリやってくれ。それとも、その小刀を返してくれれば腹を切る」

「痛いですぜ」

「それはそうだが……」

「まあ、沢井さんとやら。あんたは、人殺しなんぞできるお人じゃねえ。ともかく刀を納めて、話を聞かせて下せえ。場合によっちゃ力になりますぜ」

「情をかけてくれるのか」

「ともかく、千代さんがどうなったか、ご存知で？」

「いや、どこかへ姿をくらましているとは聞いたが、詳しいことは……。千代殿に金を借りたのは本当のこと。長い浪人暮しで、すっかり誇りも何も失われてしまった……。笑ってくれ……」

　と、沢井がうなだれる。

まあ、その辺のことは聞かなくっても、沢井の様子を見りゃ分るってもんだが……。

「沢井さん、あんた、俺を一体どうしようとしてたんで？」

　と、次郎吉が訊いた。

「そなたを縛り上げて、あの小屋へ閉じ込めておけ、と言われていた」

「小屋へ閉じ込めて？　それだけですか」

「うむ……。それだけで五両くれる、というのでな。つい……」

「あんたにその仕事を頼んだのは誰なんです？」

　と、次郎吉は訊いたが、そのときどこかで聞き憶えのある音が、静けさの中、耳に入った。

この音は？　思い当るより早く、体の方が動いていた。「危険な音」だという直感が次郎吉を動かしたのだ。

次郎吉は身を伏せると同時に、沢井の腕をつかんで引っ張った。沢井の体が横倒しになる。

シュッと風を切る音と共に一本の矢が木立の間を飛んで来て、沢井の肩に刺さった。沢井が呻《うめ》き声を上げる。次郎吉が引っ張っていなかったら、矢は沢井の背中を射貫いていただろう。

「伏せるんだ！」

と、次郎吉は叫んだ。「身を隠せ！」

そのときになって、今耳にしたのが、弓の紘《つる》の震える音だったことに気付いた。

次郎吉は体を起すと、沢井の小刀を、矢の飛んで来た方向へと力一杯投げた。小刀は木の幹に突き刺さったが、矢を射た者は驚いたのか、タタッと足音だけを残して駆けて行った。

「沢井さん！　しっかりしなせえよ」

と、次郎吉は沢井の体を抱き起こした。

沢井は呻いて、

「もう……拙者はだめだ……。娘に……父の今わのきわのひと言を……」

「何を言ってんです！　お侍のくせに情ねえ。矢が肩に刺さったくらいで死ぬもんですか」

次郎吉は叱りつけて、「医者へ連れて行きますから。いいですね！　自分で歩くんですよ！」

「しかし、この深手では……」

「こんなもん、かすり傷ですよ！」

次郎吉の言うのも、ちょっと大げさだったが……。

企み

「傷は消毒しましたから」

と、千草が手を洗いながら言った。「矢はそれほど深く入っていなかったので、斬られた傷に比べれば、治りは早いですよ」

「さようですか……」

沢井はやっと落ちついたようで、「いや、申し訳ない」

「大丈夫ですかい？」

と、次郎吉が訊《き》く。

「はあ……。何しろ矢が刺さったというのは初めてのことで」

「そりゃそうでしょうが」

次郎吉は苦笑した。

「私は刀で斬られたことがあります」

と、お国が自慢げに言った。

「そうか、さぞ痛かったろうな」

と、沢井が感心している。

「沢井さん、あんた、俺を斬ろうとしたんですぜ」

「あ、そうだった」

変な侍だ。——次郎吉は改めて、

「あんたに五両で俺をかどわかせと頼んだのは誰なんです?」

「へえ、次郎吉兄さんが五両? 千石屋の千代さんは二千両でしょ? ずいぶん違うもんですね」

と、お国が言った。

「お国ちゃん!」

と、千草が笑いをこらえている。

「どこかの侍だった」

と、沢井は言った。「身なりはきちんとしていたが、どうも拙者と同じ浪人ではないかと思ったな」

――次郎吉は、とりあえず沢井半蔵を、この千草の診療所へ連れて来た。そして、沢井の住む長屋へ使いをやっていた。

「すると顔見知りではないので？」

「どこかで見たことがあると思った。しかし、拙者、どうも人の顔を憶えるのが苦手で」

「情ねえお人だ」

と、次郎吉は首を振って、「ともかく、傷の手当に、しばらくここへ通いなせえ」

「それは……。今の拙者には、薬代も払えぬ」

「いつでも結構。まともなお仕事で稼がれたら、払って下さいな」

と、千草が言った。

「――千草先生」

お国が玄関の方から戻って来て、「そのお侍の娘さんが」

おずおずとやって来たのは、十五、六のひどくやせた娘だった。青白く、血の気がない。

「お父様……。おけがは」

「くに。――すまん。何一つうまくいかんこの父を許してくれ」

「そんなこと……。お父様が無器用なことくらい、分っていますもの」

「くにさんというの？」

と、千草が声をかけ、「ちょっと診せてちょうだい」

と、細い手首を取った。

「あの……」

「こちらの先生だ。この傷の手当もしてくれた」

と、沢井は言って、「先生、拙者の傷より、この娘を診てやって下さらんか」

「おっしゃらずとも診ております」

次郎吉は廊下へ出て、

「全く変な浪人だ」

と呟いた。

そこへ、

「兄さん」

小袖が息を弾ませてやって来ると、「矢が当ったって本当？」

「俺じゃない。今、そこで手当してもらった浪人だ」

「何だ！　びっくりした」

と、小袖はため息をついて、「悪運の強い兄さんが、変だと思ったのよ」

「変な納得の仕方をするな。――それより、千代さんは？」

「まだ戻らない。二千両のこと、まだ次の投げ文はないわ」

「矢を使ったってことは、侍が係《かかわ》ってるってことかもしれねえ。お前、千石屋のことで何か聞いちゃいねえか」

「さあ……。千草さんの方が詳しいわ、きっと」

と、小袖は言ったが――。「待って。道場で、千石屋さんの噂を聞いたことがあるわ、最近」

「どんな噂だ？」

「ええと……。どこだかの藩が千石屋のおかげで領地を半分に削られたとか……」

「何だ、それは？」

「どこかのお寺の建て替えに、いくつかの藩に費用の割当があったらしいの。でも、それだけの金子を用意できなかった藩があって、お上からお咎《とが》めを受けたそうよ。お取り潰《つぶ》しにこそならなかったけど、領地の半分が隣の天領に組み込まれたって」

「それが千石屋と――」

「その藩が千石屋さんに借金を申し込んだらしいの。でも、千石屋さんから手厳しく断られたとかで……」

千石屋は金貸しではない。かなりの額の申し入れだったろうから、都合できないのも無理はない。

「それが何か関係あるの?」

「さあな……」

少しすると、千草が廊下へ出て来た。

「――次郎吉さん」

「ああ。どうですね、あの娘さん」

「身になるものをほとんど食べていないのですもの、話を聞くと。具合も悪くなるはずです」

「じゃあ……」

「養分が足らなくて、やせてしまっているのです。少しこの診療所で看《み》ましょう」

「武士は食わねど高楊枝《たかようじ》、ってやつか。娘はとんだ迷惑だな」

と、次郎吉は部屋へ入って行くと、「沢井さん。――何してるんで?」

沢井が腹を出して、刀を手に取る。

「お父様! 切腹など、やめて下さい!」

と、くにが必死で止めている。

「我が子がひもじさゆえに病になるなど、父の恥。死んでお詫《わ》びを――」

「呆《あき》れたな。あんたが死んだら、くにさんはどうやって生きてくんです？」

「しかし……」

「くにさんにはここで、細かい用事をやっていただきましょう」

と、千草が言った。

「申し訳ない！」

と、沢井は涙ぐんでいる。

「ところで、沢井さん。あんた、どこの藩におられたんです？」

「拙者は下松《くだまつ》藩士だった」

「あ、そこだわ！」

と、小袖が言った。「千石屋さんに借金を断られたって」

「ああ、確かに。――領地を減らされ、その分、家来も減らすということになり、拙者を含めて百人余りが浪人の身となった」

と、沢井は肯いて、「しかし、もともと頼む方が無理だった。まあ、浪人した者の中には、千石屋を恨んでいる者もあったが」

そこまで言って、沢井はハッと目を見開き、

「――そうだ！　拙者に五両で次郎吉殿をかどわかせと言って来たのは、以前同じ藩にいた者だ」

「その顔を忘れてたんですかい？」

「あまり会うことのない役向きだったからな。——今、思い出した。確か三輪重之《みわしげゆき》といったな、あいつ」

「その人も浪人を？」

「うん。拙者と一緒に浪人になった一人だ」

沢井は、娘の方へ、「くに、父を許してくれ。何か仕事を見付けて、きっと暮しが成り立つようにしてみせる」

「信じています」

「お前がそんなにやせたのを見るのは、本当に辛《つら》いからな」

千草が微笑んで、

「きっとお嬢さんを、ふっくらした可愛い娘さんにしてお返ししますよ」

「面目ない！」

と、沢井は頭を下げた。

「そういえば、私、この間、往来で清丸《きよまる》様とお会いしましたが、あちらは私が分らなかったようですよ」

と、くにが言った。「やはり私がやせてしまっていたからでしょうね」

「清丸？　あの小姓のか」

「ええ。役者のような端正なお顔で、お女中たちが大騒ぎをしておりました」

「知っておる。しかし、確かあいつも殿のお側から遠ざけられたはずだぞ」

「そうだったのですか？　でもずいぶんいい身なりをしておりましたが」

「では、本当の役者にでもなったのかな。もともと殿のお供で音曲など習っていたが」

「ちょっと」

と、次郎吉が言った。「その清丸ってのは？」

「殿がひところ可愛がっておられた小姓でな。高価な着物など買い与えていて、家来には評判が悪かった」

「私も嫌いでした」

と、くにが言った。「美形なのを鼻にかけ、女をたぶらかしては、こづかい銭を巻き上げていたのですよ」

「ほう」

次郎吉は顎《あご》をちょっと撫《な》でて、「——そんなにいい男だったんですかい？」

使者

「先ほど、この投げ文が」

と、千石屋宅兵衛が次郎吉へ、その広げた文を差し出した。

「拝見します」

と、次郎吉は手に取って、「——なるほど」

「二千両というと、かなりの重さ。誰かつけてやりましょうか」

「いや、一人で参ります」

と、次郎吉は言った。「大八車をお貸し下さい」

「もちろん、そんなことは……」

千両箱は持ち慣れてます、とは言えなかったが……。

「可哀そうに」

と、お縁は涙を拭《ぬぐ》って、「千代は無事でいるのでしょうか」

「人質がいなきゃ、金を手に入れるわけにゃいきません」

と、次郎吉は言った。「あまり心配なさらずに。この次郎吉にお任せ下さい」

小袖がチラと兄を見て、「大きなこと言って大丈夫なの？」という顔をする。

「いや、二千両で千代が戻れば安いもの」

と、宅兵衛は自分へ言い聞かせるように言った。

「宅兵衛さん」

と、千草が心配そうに、「千代さんのこともですが、宅兵衛さんのお体が心配です。どうか無理をしないで下さいませ」

「いやいや、大丈夫です。千代の無事な顔を見るまでは……」

そう言う宅兵衛の顔色は、いつにも増して青白かった。

「今夜、改めて伺います」

と、次郎吉は言った。「二千両を大八車へ積んでおいて下さい」

「承知しました」

帰りがけ、千草が懐から薬包を取り出して、

「宅兵衛さん。これをお飲みになって下さい」

「この薬は？」

「気持を落ちつかせる薬です。害はありませんから」

「まあ、ありがとうございます」

と、お縁が言った。

「今、お飲みになって下さい。ちょうど夜中ごろに効果が」

「かしこまりました。——あなた」

「うん。千草先生、お気づかいいただいて……」

「いいえ」

次郎吉と小袖、千草の三人は、千石屋を出た。

「日が暮れるまで、まだ少しあるな」

と、次郎吉は言った。「千草さん、診療所へ戻って下せえ。俺と小袖はやることがある」

「次郎吉さん……」

「ご心配なく。それより、あの薬は？」

「眠り薬です。あのまま、はらはらしていたら、宅兵衛さんは倒れてしまいますわ」

「なるほど」

と、次郎吉は笑って、「目が覚めるころには片付いてましょう」

それからしばし時が過ぎて——。

くぐり戸を叩くと、すぐに中から開いて、

「まあ、次郎吉さん」

お貞が顔を出した。「どうぞ」

「お邪魔しますよ」

座敷へ上ると、お縁が心配そうに、

「あの——主人がぐっすり眠ってしまっているのですが……」

「千草さんの心づかいですよ。今夜のことは宅兵衛さんの心臓にゃ応《こた》えますからね」

「まあ、そうでしたか」

と、お縁は胸をなで下ろした。

「二千両のお仕度は？」

「はあ。庭に大八車が」

見れば、千両箱にこもをかけて、大八車にしっかり結びつけてある。

「中身に間違いありやせんね」

「はい、もちろんでございます。主人が自ら納めました」

「私も、おそばで見ておりました」

と、お貞が言った。

「そうですかい」

次郎吉は肯くと、「では、そろそろ出発するか」

次郎吉は庭へ下りると、大八車を少し引いてみて、

「なるほど、こいつは重いもんだ」

と、感心したように首を振り、「しかし、ちょっと重過ぎますぜ」

「は？」

次郎吉は懐から匕首《あいくち》を取り出すと、素早く抜き放って、大八車にかけた縄を切り、こもを引きはがして、千両箱を「えい！」と足でけった。

千両箱の一つが地面に落ちると、蓋《ふた》が開いて、中から転り出たのは大小の石だった。

「まあ、これは……」

と、お縁が目を丸くする。

「二千両が石に化けたようですね」

と、次郎吉は言った。「俺がこれを約束の場所へ引いて行って、初めて中身が石だと分ったら、この遊び人の次郎吉が二千両を横取りしたってことにしたかったんだろう。——違うかい、お貞」

お貞が真青になって、柱にもたれている。

「お貞……。お前は——」

「私は——何も知りません！　何も」

と、首を振るお貞だったが——。

「兄さん」

庭へ小袖が入って来た。後ろについて来たのは千代だった。

「千代！」

「おっ母さん！」

駆け寄った二人はワッと抱き合って泣いた。

「ごめんなさい……。私……あの男に騙《だま》されてた……」

と、千代が涙を拭《ふ》くと、「お父っつぁんから金をせしめて二人で逃げよう、って言われ……」

「水もしたたる美少年は脚の腱《けん》を斬られて動けずにいるわ」

と、小袖が言った。「今ごろお役人が駆けつけてるでしょ」

「清丸が？」

と、お貞は座り込んでしまった。

「清丸はお前の弟か」

と、次郎吉は言った。「元下松藩士と企《たくら》んだな？」

「おのれ！」

庭に潜んでいた侍が、刀を抜いて飛び出して来ると、次郎吉へ斬りかかろうとしたが、小袖の小太刀が侍の太腿《ふともも》を斬ると、地面に転って悲鳴を上げた。

「情ねえ」

と、次郎吉は言った。「人を矢で射殺そうとしたくせに、自分はかすり傷で泣きごとかい？」

「では、あの三輪が？」

と、沢井は言った。

「お貞が千代さんを清丸に引き合せ、夢中にさせておいて、狂言を仕組んで二千両せしめようと言い聞かせたんですよ」

と、次郎吉が言った。

千草の診療所で、沢井は矢の傷の手当を受けていた。

「投げ文が、明らかに家の中から投げられたものだったので、一旦《いったん》千石屋を出てから、こっそり戻って見張っていたんです」

と、小袖が言った。「二千両積んだ大八車を二人の侍が引いて行き、お貞は予《あらかじ》め用意しておいた石の入った千両箱の大八車を入れかえておいたんです」

「小袖は侍たちの跡を尾《つ》け、隠れ家を突き止めて、中に縛られていた千代さんを助け出したんですよ」

「なるほど」

と、沢井は感服の様子で、「いや、元下松藩士として情ない。お詫びに腹切って――」

「もうやめて下せえよ」

と、次郎吉はあわてて言った。

「いや、拙者、もう大小は持ち合せぬ」

と、沢井は言った。「つくづく、侍は性に合わないと思い当りましてな。町人となって働こうと思います」

「無器用なお父様に何ができて？」

と、くにが、お茶を運んで来て言った。

千草がやって来ると、

「千石屋さんが、お二人を雇って下さるそうですよ」

と言った。「宅兵衛さんは少し静養しなくては。お縁さんの力になってあげて下さいな」

「それは……もったいない！」

と、沢井が涙ぐんだ。

「千代さんも、目が覚めて良かったわね」

と、小袖が言った。「狐に化かされたとでも思えば、じき忘れられるわ」

「違《ちげ》えねえ」

次郎吉は肯いて、「くにさん、頬に血の色が戻りなすったね」

「そうでしょうか」

くにが目を伏せる。

「赤くなったのは、次郎吉さんのせいでしょ？」

千草の言葉に、くにはあわてて駆けて行ってしまった。——次郎吉はわけが分らず、

「何で俺のせいだって？」

と、小袖の方を見たのだった。

解説

川崎いづみ（脚本家）

遡《さかのぼ》ること二十数年前、少女漫画を読みふける子どもだった私には、大人の階段を上る為のある通過儀礼があった。少女漫画を捨て、カラフルな背表紙が眩《まぶ》しい、コバルト文庫の読者への仲間入りを果たすこと。少女漫画の世界より、少し大人で、少し背伸びをした気持ちになれるそれらの作品を、友達と貸し借りしながら貪《むさぼ》るように読んだものです。

あれから二十数年が経ち、読み尽くした『吸血鬼シリーズ』の作者、赤川次郎氏の原作で時代劇の脚本を書く事になろうとは。あの頃の私に是非とも伝えたい。おべんきょうより、本だよ本。今の内にたらふく読んでおきなさい。それが将来、あなたのメシの種になるんだからね——と。

今回、鼠シリーズをドラマ化するに当たり、主人公『鼠小僧次郎吉』の魅力を描く上で絶大な力を発揮したのが、妹『小袖』の存在。鼻っ柱が強く、男勝りで剣は強いが、その心は実に一途《いちず》で繊細。

「鼠小僧に、美しい妹がいた……!」

何ともドラマの予感に満ち溢《あふ》れた、赤川次郎氏ならではの設定。

鼠小僧の秘めた思い、優しさ、人情、それらを小袖の目を通して、存分に視聴者に伝えることが出来る。そんな制作者の思いを受け止め、女優・忽那《くつな》汐里《しおり》さんは、小袖を可憐《かれん》に軽やかにやってのけた。『鼠』を演じる滝沢秀明《たきざわひであき》さんとの掛け合いは、仲の良い兄妹《きょうだい》であり、馴《な》れ合った夫婦のようでもあり、そして、時には恋人同士のようでもあり。

困った人を見るとどうしても捨て置くことが出来ない、情に厚すぎる鼠をからかいながら、飯を作れとどやしつけ、けれど常に鼠が心配でたまらない。兄と自分の身を守る為、道場で剣の腕を磨くのは、裏街道を疾《はし》る兄との幸せな生活はいつまで続くのか——その不安からは片時も逃れることが出来ないが為。そんな悲哀に満ちた表情も見せてくれました。

一方、やむにやまれぬ事情から、『鼠』として生きる道を選んだ次郎吉を演じた滝沢秀明さん。千両箱を抱え、大名屋敷の甍《いらか》を颯爽《さっそう》と疾る身のこなし、武器を持たずに素手で相手を仕留める華麗なアクション、そして、弱い者をいたわる澄んだ瞳《ひとみ》——その鼠の有り様は、この最新巻でも健在。所収されている『鼠、影を踏む』では、小料理屋で酔いつぶれた一人の侍を、水を掛けて起こそうとする気丈な娘と遭遇します。小袖にも似ているこの娘にシンパシーを抱き、次郎吉は大八車を借りて侍を家まで送っていく。が、家はご用提灯《ちょうちん》に取り囲まれていて……。真面目なだけが取り柄だというこの侍が、どうして毎夜酒につぶれるようになったのか？　やはり鼠は、この父と娘を放っておくことが出来ないのです。

『脚本家』という看板を掲げていると、よく人から聞かれることがあります。それって、どういうお仕事なの？——原作者とどう違うの？——

今回、ドラマを制作するに当たって、制作チームの一人として、まず既刊の四冊（『鼠、江戸を疾る』『鼠、闇に跳ぶ』『鼠、影を断つ』『鼠、夜に賭ける』）からドラマ化するエピソードを選ぶという作業から加わりました。木曜日八時の枠に放送するにふさわしく（所々、お茶の間にはハードな回もあったとのご指摘も頂きましたが……）、ドラマとして見せ場が作りやすく、鼠が活躍出来るエピソードであることを主眼に、八つのお話が選定されました。そして、次に考えなければならないのは、どのキャラクターをレギュラーメンバーに据えるかということです。ざっくばらんな話し合いの中で、鼠シリーズ第三弾、『鼠、影を断つ』に出てくる女医の千草は絶対必要だよね。そうだ、監察医という役目を担わせたら事件に関われるし、活躍できる！　千草の助手（小説ではお国、ドラマではお豊という少女）は、ゲスト主役にして、その後千草の下で働くようにしよう。次郎吉には、行きつけの店とかあるといいね。やっぱり、江戸時代なら蕎麦屋《そばや》がいいかな。じゃあ、そこを切り盛りする女将《おかみ》はどんなキャラクターがいいかしら……。

そんな制作陣の話し合いを受けて、メインライターである脚本家の大森寿美男《おおもりすみお》氏が第一話、第二話を書き上げました。すると、朧気《おぼろげ》だったドラマの全体像が見えてきます。鼠に惚《ほ》れているきっぷのいい蕎麦屋の女将、蕎麦屋の常連でコミカルにその場を盛り上げてくれる若衆三人組、年若い同心に頭が上がらない人情味のある岡っ引き、鼠を巡る様々な人間模様が活《い》き活きと描かれていきます。

テレビドラマの脚本を読んだことがある方ならお分かりになるかと思いますが、脚本と小説、パッと見ただけで違うのは、その台詞《せりふ》の量です。地の文で物語を描く小説とは違い、脚本は主に台詞で、登場人物の個性を描き、物語を展開させていくのです。脚本というのは、映像作品の設計図であると一般的に言われています。芝居場は何処か、そこにはどんな人物が登場し、どんなやり取りが行われるのか——。そして、様々な打ち合わせを経て完成したその設計図を基に、各パートのスタッフが集結します。撮影、照明、美術、録音、衣装、その他様々な分野のプロフェッショナルが鼠の世界を作り上げていきます。蕎麦屋の内装はどの様にするか、長屋の間取りは、次郎吉の衣装は――それぞれの知識と知恵を絞って、練り上げていくのです。

第一話、第二話で定まった登場人物の設定を基に、私は第三話、第五話、第七話の脚本を担当しました。まず、一話四十三分というドラマの尺に、原作のエピソードをどのように盛り込むか、レギュラーメンバーをどう話に絡ませるか、一番の盛り上がりを何処にするか――それを念頭に置きます。そして、そこからは、登場人物一人一人の心に思いを馳《は》せて、一心に書き進めていきます。撮影現場を共有する他のスタッフとは違い、脚本を書くという行為は、小説家と同様たった一人の作業です。自室のパソコンに向かい、昼夜、あーでもないこーでもないと苦悶《くもん》しながら打っている文字が、スタッフの手により立体的な世界へ構築され、役者の身体と声で命が吹き込まれる。「ああ、ここはもっと、こうすれば良かった……」様々な反省点を思いつつも、作品が出来上がり、多くの方に見て頂く瞬間は、脚本家にとって常に胸躍る瞬間です。

さて、今回の鼠シリーズ第七弾、『鼠、狸囃子に踊る』。一読者として、虚心坦懐《たんかい》、吸血鬼シリーズに熱中した子どもの頃のように、粛々と読み進めるはずが――やはり、たまらないのです。活字の向こうに、どうしても、滝沢さんや忽那さんの顔がチラチラ浮かんでしまうのです。

表題作である『鼠、狸囃子に踊る』に、実に印象的なシーンがあります。

鼠が懇意にしている芝居小屋のお囃子方《はやしかた》、伝助という男が何者かに殺される。例によって、関わり合いになってしまう鼠は、その死因が刀傷であることを知り、なぜ伝助が侍から狙われたのかを探り始める。すると、伝助の師匠である矢七という男が、風間藩の要職に就いている須藤という武士の奥方と、不義密通を働いていたことを突き止める。鍵《かぎ》は風間藩にある――ある夜、風間藩の屋敷に忍び込む鼠。すると、藩主の娘である姫君が、鼠の気配に気づいてしまうのです。動揺する鼠。が、姫は声を上げて人を呼ぶこともなく、鼠に言うのです。「残念だわ。有名な〈鼠〉様がいらしてるのに、お顔を拝見できないなんて」この美しい姫は、盲目であった。そればかりか、家中の跡目争いにより、その命を狙われているという。姫は人生の最後に噂に高い鼠に会えたことに心をときめかせ、鼠にあるお願いをするのです。「お顔を見せて下さい」――。鼠に向かって、その白い手を伸ばす姫。鼠は顔の頭巾《ずきん》を取り、姫の手が顔を触れるに任せる。すると姫は「やさしいお顔だわ」と微笑む――。姫君の切なさ、鼠の優しさ、そして、どこか官能的な雰囲気も漂う、素晴らしいシーンです。では、このシーンを最も印象的に描くには、ドラマの展開をあーしてこーして――あ、いけないいけない。一読者に戻らねば。

でも、やっぱり――このシーン、皆さまも是非ドラマで見たいとは思いませんか？

甍の上を颯爽と駆け抜ける鼠を、再び見たいとは思いませんか？

赤川氏ならではの『時代劇ミステリー』として蘇《よみがえ》った鼠小僧。この度、私にとって時代劇の脚本を書くことは初めての経験でしたが、江戸時代の文献に触れ、脚本を書いていく内に、人々が時代劇に魅了される理由の一つが分かったような気がします。時代劇には、現在では『世渡り下手の馬鹿正直』と笑われるような純朴な人達が沢山登場します。彼らは損得勘定抜きに、己の信条に向かって突き進み、誰かの為に身を挺《てい》する。人からどう思われようと構わずに、純粋な思いを遂げる。実際、江戸に生きる人々がそうであったのか——それについては、様々な見解があることでしょう。けれど、この時代劇というジャンルが脈々と受け継がれて来たのは、何でもありの時代を生きる後の世の人々の心にも、一途な思いを遂げたい、純粋な感情で生きてみたい、そんな思いが確かに存在するからなのでしょう。

『泥棒』であるという絶対悪を背負った鼠。けれど、だからこそ、市中でひたむきに生きる人々には、お天道様の下で、ささやかながらも幸せに生きて行って欲しい——そんな願いを込めて、チャリンと土間に差し入れる小判。

小説とドラマ。ジャンルは違えど、エンターテインメントを目指す作家にとって、その願いは鼠と同じではないかと私は思うのです。人生の様々な苦労、悩みを背負いながらも、毎日をひたむきに生きている方々に、ほんのひとときでも憂いを忘れて笑って欲しい。鼠小僧の笑顔に、癒《いや》されて欲しい。

鼠の小判が作り出す、人々の笑顔――

私達が作ったドラマも、この小判の様に、皆さまの毎日をささやかに照らすものであって欲しいと切に願うのです。

初出一覧

「鼠、影を踏む」　デジタル野性時代二〇一三年十二～一四年一月号
「鼠、夢に追われる」　小説野性時代二〇一四年一月号
「鼠、狸囃子に踊る」　デジタル野性時代二〇一四年二～三月号
「鼠、狐の恋に会う」　小説野性時代二〇一四年二～三月号

※文庫化にあたって、改稿をほどこしました。

鼠《ねずみ》、狸囃子《たぬきばやし》に踊《おど》る

赤川次郎《あかがわじろう》

平成26年 3月25日　初版発行
令和7年 7月10日　7版発行

発行者●山下直久

発行●株式会社KADOKAWA
〒102-8177　東京都千代田区富士見2-13-3
電話　0570-002-301（ナビダイヤル）

角川文庫 18448

印刷所●株式会社KADOKAWA
製本所●株式会社KADOKAWA

表紙画●和田三造

●お問い合わせ
https://www.kadokawa.co.jp/（「お問い合わせ」へお進みください）
※内容によっては、お答えできない場合があります。
※サポートは日本国内のみとさせていただきます。
※Japanese text only

ISBN978-4-04-101292-5　C0193

角川文庫発刊に際して

角川源義

第二次世界大戦の敗北は、軍事力の敗北であった以上に、私たちの若い文化力の敗退であった。私たちの文化が戦争に対して如何に無力であり、単なるあだ花に過ぎなかったかを、私たちは身を以て体験し痛感した。西洋近代文化の摂取にとって、明治以後八十年の歳月は決して短かすぎたとは言えない。にもかかわらず、近代文化の伝統を確立し、自由な批判と柔軟な良識に富む文化層として自らを形成することに私たちは失敗して来た。そしてこれは、各層への文化の普及滲透を任務とする出版人の責任でもあった。

一九四五年以来、私たちは再び振出しに戻り、第一歩から踏み出すことを余儀なくされた。これは大きな不幸ではあるが、反面、これまでの混沌・未熟・歪曲の中にあった我が国の文化に秩序と確たる基礎を齎らすためには絶好の機会でもある。角川書店は、このような祖国の文化的危機にあたり、微力をも顧みず再建の礎石たるべき抱負と決意とをもって出発したが、ここに創立以来の念願を果すべく角川文庫を発刊する。これまで刊行されたあらゆる全集叢書文庫類の長所と短所とを検討し、古今東西の不朽の典籍を、良心的編集のもとに、廉価に、そして書架にふさわしい美本として、多くのひとびとに提供しようとする。しかし私たちは徒らに百科全書的な知識のジレッタントを作ることを目的とせず、あくまで祖国の文化に秩序と再建への道を示し、この文庫を角川書店の栄ある事業として、今後永久に継続発展せしめ、学芸と教養との殿堂として大成せんことを期したい。多くの読書子の愛情ある忠言と支持とによって、この希望と抱負とを完遂せしめられんことを願う。

一九四九年五月三日